主编　王泉根

少年阅享世界文学名著经典读本（简写本）

所罗门宝藏

（英）亨利·哈格德 著　　黎云秀 安然 改写

图书在版编目(CIP)数据

所罗门宝藏/(英)亨利·哈格德著;黎云秀,安然改写.—苏州:苏州大学出版社,2016.7
(少年阅享世界文学名著经典读本:简写本/王泉根主编.第二辑)
ISBN 978-7-5672-1655-6

Ⅰ.①所… Ⅱ.①亨… ②黎… ③安… Ⅲ.①长篇小说－英国－近代 Ⅳ.①I561.44

中国版本图书馆CIP数据核字(2016)第167316号

少年阅享世界文学名著经典读本(简写本)第二辑
所罗门宝藏
(英)亨利·哈格德 著　王泉根 主编　黎云秀,安然 改写

责任编辑	张　希
装帧设计	刘　俊
出版发行	苏州大学出版社
	(苏州市十梓街1号　邮编:215006)
	(网址:http://www.sudapress.com)
排　　版	镇江文苑制版印刷有限责任公司
印　　刷	苏州市大元印务有限公司
开　　本	700 mm×1 000 mm　1/16
印　　张	8.25
字　　数	165千
版 印 次	2016年7月第1版　2016年7月第1次印刷
书　　号	ISBN 978-7-5672-1655-6
定　　价	18.00元

版权所有　翻印必究　印装差错　负责调换
苏州大学出版社营销部　电话:0512—65225020

导　　读

  《所罗门宝藏》是19世纪英国著名作家哈格德于1886年写的一部探险小说。

  哈格德青年时代在非洲工作、生活多年,当过非洲总督的秘书、法院院长,因此,他了解非洲的许多文化和风土人情,对当地土著人的生活习俗也十分熟悉,并与他们有了深厚的感情。哈格德一生写了许多优秀的作品。这些作品大多以非洲大陆为背景,描写当地土著人艰辛、特殊与神秘的生活。哈格德笔下往往活跃着一个个勇敢坚强、血肉丰满的土著人形象。他用生动的笔触写出了对他们的同情与赞美。当然,他的作品里也塑造了一些愚昧、迷信、野蛮的土著人形象。

  《所罗门宝藏》讲述了这样一个故事:

  猎象高手夸特曼在沙漠狩猎时,救了一个险些落入狮子之口的白人。白人在临终前送给了他一张通往所罗门宝藏的血图。夸特曼当年50岁,他原本是英国人,为了攒足供儿子哈利上大学的钱,长期在非洲狩猎。由于他为人真诚,而且英勇无比,对当地土著人也十分友好,因此,深受土著人的尊敬和爱戴。

  一年后的一天,英国青年乔治带着一位土著仆人,欲前往所罗门宝藏探险。夸特曼得知后便毫不犹豫地将血图的内容告诉了那个仆人。因为夸特曼认识那位土著仆人,并深知他们的探险十分危险,甚至要付出生命的代价。他希望血图上所记载的内容能给他们以帮助。

  时间一天天过去了,一晃又过了两年。一天,突然来了两位英国绅士,他们请求夸特曼一同到所罗门宝藏探险。在夸特曼的极力劝阻下,两位英国绅士道出了原委。原来,这两位英国绅士一位叫亨利,是男爵;另一位叫古德,是退役的海军上校,更重要的,他是亨利男爵的好友。他们探险的目的是为了寻找亨利男爵失踪的弟弟乔治。他们恰巧听说夸特曼见过乔治并知道他的去向,而且夸特曼是当地闻名的猎象高手,具有丰富的野外生存知识和很强的生存本领。因此,他们迫切希望夸特曼帮助他们。亨利男爵表示无论有多大的危险,也一定要找到弟弟乔治。夸特曼终于被亨利男爵的真情打动了,决定跟他们一同前往。准备工作很快就做好了,但是还缺一个能同生死、共患难的仆人。正当他们愁眉不展的时候,有一个名叫温勃帕的黑人青年自告奋勇,愿意加入他们的探险队伍。另外,他们又找了一个名叫蕃吐的土著仆人。

在夸特曼的带领下,探险队一行勇敢地向沙漠进军。他们带着那幅三百年前的血图(血图是三百年前一位名叫西菲特拉的前辈临死前留下的),穿过沙漠,就在他们生命之水即将枯竭的时候,发现了血图上记载的那个救命的源泉。五个探险队员终于走出了沙漠,登上了斯里曼雪山。这座连鸟儿也难以飞越的雪山让他们几乎走投无路,就在这时,温勃帕发现了一个神秘的山洞。由于饥寒交迫,他们失去了一个伙伴——蕃吐。与此同时,他们发现山洞里还有一具无名尸。那是一具白人的尸体,大家经过仔细观察,终于认定那就是三百年前画下血图的白人前辈——西菲特拉的尸体。大家心里都涌起无限的感慨。

历尽千辛万苦,夸特曼等人终于看到了血图上画的所罗门大道。

大家觉得世界上,再没有比所罗门大道修得更好的路了。就在他们欣喜之余,却撞上了一群野蛮的库坤纳国人。在危险的时刻,夸特曼等人用智慧征服了对方,暂时逃离了险境。

库坤纳国的王叔伊哈德答应带夸特曼等人到神秘的库坤纳国去见国王。

在库坤纳国,他们见到了残忍无比的特瓦拉王。他们目睹了库坤纳国残酷的刑罚和妖婆盖古尔的魔法,那里的人民生活得十分悲惨。

他们还多次陷入险境,但都一一逃脱了。令人惊讶的是,谁也没有料到,仆人温勃帕的真实身份竟然是库坤纳国的王子——伊古诺。十多年前,现任国王特瓦拉杀死了哥哥伊茂兹王,王妃领着伊古诺王子在三个侍仆的保护下越过了沙漠,逃出了库坤纳国。

几年后,王妃死了,伊古诺便在白人国里流浪。虽然生活困苦,但是他从来没有忘记长大后回到祖国为父王报仇。终于机会来了,于是他主动要求参加探险队。现在,他回到了祖国的怀抱,可是,他看到了这里的人民过着水深火热的生活,复仇的火焰再一次在他胸膛里燃起。当天晚上,伊古诺便对王叔伊哈德和夸特曼等人说出了自己的真实身份。为了拯救库坤纳国的人民,推翻残暴的特瓦拉王,帮助真正的王子伊古诺成为国王,大家绞尽脑汁,想出了妙计。

伊古诺王子在王叔伊哈德、两万多名勇敢的士兵以及夸特曼等好友的支持下与特瓦拉王展开了激烈的战斗。终于,邪不压正,他们战胜了特瓦拉。月光下,特瓦拉的头颅被砍了下来。

两个星期之后,伊古诺举行了王位登基典礼,夸特曼等人列席参加了盛典。在伊古诺王的强令下,老妖婆盖古尔勉强为夸特曼等人带路,到那个神秘的山洞——所罗门宝藏去探险。

山洞里充满了神秘和恐怖的气氛,但是他们发现了世界上最大最美的宝石。正当他们被闪闪发光的宝石吸引时,老妖婆盖古尔按下了石门的机关,把他们关在黑洞里。夸特曼等人绝处逢生,终于逃出了黑洞。在归国途中,亨利男爵意外地遇到了日思夜想的弟弟乔治。兄弟俩激动地拥抱在一起。

本书故事情节跌宕起伏,人物形象个性鲜活生动,是一部深具艺术魅力与丰富生活内容的探险名著,一直为广大读者所喜爱。

目　　录

魔境探险 ·· 1

　　猎象高手夸特曼在沙漠中救了一个被受伤的狮子追赶的白人。不料,这个白人在临终前送给了他一件奇特的礼物。

沙漠之旅 ·· 20

　　在夸特曼的带领下,探险队一行人勇敢地向沙漠进军。他们带着三百年前的血图,穿越沙漠,就在他们生命之水即将枯竭的时候,发现了一个救命的泉源。

神秘的斯里曼山 ·· 28

　　五个探险队员终于登上了雪山,他们发现了一个神秘的山洞。但是极度的寒冷使他们失去了一个伙伴。与此同时,他们发现山洞里还有一具无名尸。

神秘的库坤纳国 ·· 37

　　历尽千辛万苦,他们终于看到了血图上画的所罗门大道。就在这时,他们撞上了一群野蛮的库坤纳国人。

诅咒的舞会 ·· 59

　　谁也没有料到,温勃帕的真实身份竟然是库坤纳国的王子。为了推翻残酷的特瓦拉王,帮助这个真正的王子成为国王,大家绞尽脑汁,在最危难的时候,终于想出了妙计。

冲锋血战 ··· 79

　　王子伊古诺在王叔伊哈德老人、两万多名勇敢的士兵以及夸特曼等人的支持下与特瓦拉王展开了激烈的战斗。终于邪不压正,他们战胜了特瓦拉。月光下,特瓦拉的头颅被砍了下来。

所罗门宝藏 ··· 97

　　两个星期之后,伊古诺举行了王位登基典礼,夸特曼等人列席参加了盛典。在伊古诺王的强迫下,老妖婆盖古尔勉强为夸特曼等人带路,到那个神秘的山洞去探险。正当他们被闪闪发光的钻石吸引时,老妖婆盖古尔却按下了石门,把他们关在了黑洞里。

再见吧！伊古诺王 ································· 115

　　夸特曼等人绝处逢生,终于逃出了黑洞,伊哈德老人见到他们活着归来既高兴又惊奇。可是,他们想再找到那个逃生的出口却怎么也找不到了。

魔境探险

猎象高手夸特曼在沙漠中救了一个被受伤的狮子追赶的白人。不料,这个白人在临终前送给了他一件奇特的礼物。

血 图

在南非内地,靠近沙漠的一个叫希旦达村的地方,交通很不方便,气候也很坏,而且一年到头流行高热病,到处有猛兽出没,因此很少有欧洲人到那儿去。

可是,南非猎象名手阿兰·夸特曼和他手下的土著人猎师们却在那里搭起了帐篷。他们已经在那里生活了好几个月了。

吃过晚饭后,夸特曼坐在帐篷外,抽着雪茄烟,在晚风中,欣赏着即将坠入沙漠的夕阳。

此时,他想起了他的独生子哈利。他想:再有五年,哈利就大学毕业,正式当医生了。那时候,自己也55岁了,不能再东奔西走了,所以现在要多攒点钱,等年岁大的时候,好和哈利生活在一起,种种花草,安度晚年。最近世界的经济情况很好,象牙的价钱见涨,这倒是件好事。

夸特曼是个出色的猎师,不管什么野兽,哪怕是最凶猛的非洲象、狮子、犀牛、河马、野牛等,只要撞上他的枪口,就一定会丢掉性命。他保持这种光荣的战绩,已有二十多年了。

夸特曼一直在南非过着随时会丧失生命的冒险生活。但是夸特曼天性善良,对人非常亲切,有着率直的性格和乐天明朗的性情,所以人人都很喜欢他。

就在夸特曼思念他的独子哈利时,突然从三四百米远的地方,传来了一声枪响。

"啊!"夸特曼一愣,立刻站了起来,向周围环视了一下。他想,也许是他手下的猎师正在打猎。

正在这时,他听见了狮子的怒吼声。

"糟了!"根据以往的经验,夸特曼感到事态严重。枪声在前,狮子的吼声在后,这显然是没把狮子打死。

负伤的狮子是最危险的。因为狮子一旦受了伤,它的凶暴将无以复加。

夸特曼立刻走进帐篷,拿起来福枪,急急忙忙向沙丘的方向跑去。他跑了还不到十米已经看到一个白人连跑带爬,拼命向这边逃。

"啊!是个白人!"

那个人穿了件长长的上衣,一看就知道不是他带来的土著人猎师。

那个人身体已经很虚弱,摇摇晃晃的,好像一点儿力气都没有了,还不时被砂石绊倒。

"喂——"

夸特曼为了安慰和鼓励那个人,一边跑着,一边朝那人叫了一声。

就在这时,那头受伤的狮子已经在沙丘上露面了。

这头狮子看到在前面逃的白人,就像猫捉老鼠似的一纵身扑了过去。一瞬间,人和狮子在沙漠上滚成一团。

刹那间狮子翻过身来,用两只前爪按住了那个白人。

夸特曼见情况危急,立刻端起枪,"砰"的一声,从枪口里喷出了一股火烟。当时距离有二百七八十米,在打猎的射击距离上来说,算是远了一点儿。

夸特曼不知道这一枪的结果如何,就静静地注视着那头狮子的动作。

狮子先是弯了弯腰,四肢缩在一起,好像要跳起来的样子。不久,却反倒栽了一个跟头,倒在那个白人的身边不动了。

"噢,成功了!"

夸特曼非常高兴。因为假如失败了,后果将不堪设想。

可是,和狮子一起倒在沙丘上的那个人也纹丝不动了。夸特曼觉得有些担心,立刻走过沙丘的斜面,跑过去。这时候,听到枪声的土著人猎师们,也都跟着聚集了过来。

夸特曼走到那个白人身旁一看,从他肩上流出了好多血。不过他还在呼吸。

夸特曼赶快跪下去,慢慢地扶他坐起来,那人沙哑着嗓子说:"水……给我水喝……"

"好,立刻给你水喝。别担心,你伤得不太重。"夸特曼在他耳旁安慰着他。

不过,他身体很虚弱,像是患了高热病。夸特曼看他年纪还很轻,可是脸色发黄,脸上一点肉都没有,皮肤也发干了。他的两只眼睛凸凸的,像要掉出来似的;嘴唇也裂了,舌头已经肿成了紫色。

"赶快把他抬到帐篷里去。"

夸特曼命令那些围在四周的土著人。土著人立刻把白人抬进夸特曼的帐篷里,放在床上。

"快去取些泉水和新鲜牛奶来。"

水和牛奶很快就取来了,夸特曼把新鲜牛奶掺到冷冷的泉水里,送到那个白人嘴边。那人好像一年没喝过水似的,整整喝了两升。

喝过水后,他好像减轻了很多痛苦,不一会儿就昏沉沉地睡着了。但是,他一直发高烧,一边睡,一边还说胡话。

"……苍蝇……热死了……杀人的沙漠……啊!我不行了,到斯里曼去吧……水……水……所罗门……钻石……钻石发光了……噢……不……水……给我水喝……啊,这里有很多的水……啊!不行了……"

　　心地慈善的夸特曼一直在他身旁,给他吃治疗疟疾的药,按摩他那瘦弱无力的身体,还用毛巾蘸冷水敷在他的头部,帮助他退烧。

　　当他听到那个人嘴里一个劲儿地说胡话时,这位闻名非洲的猎象高手,脸上露出了无限的同情。他叹了口气,自言自语地说:"又是一个沙漠的牺牲者!我已经看过太多这种抱着幻想的人,他们想要横越那片沙漠到斯里曼山去,结果都送掉了性命。"

　　斯里曼山就是所罗门山的土语。这座山恰好在沙漠的对面。听说过了斯里曼山,就是所罗门王建的国都和所罗门宝藏——钻石矿。

　　曾有一位学者告诉夸特曼说,那个荒废的都城就是圣经里所说的奥非尔城。

　　当然,这仅仅是传说。不过这个人如果真的以假当真,想要得到那些珍贵的钻石,他的生命就要断送在那杀人的沙漠上了。现在他还没有死,不能不算是走运的了。

　　夸特曼非常同情和可怜那个即将死去的人。到了半夜,也许是烧退了的原因,那个白人竟然不太胡言乱语了。

　　夸特曼照顾他一夜也很累了,就在床边放的帆布椅上睡了一会儿。当他醒来一看,耀眼的阳光已经照进了帐篷。

　　夸特曼抬头一看,不觉吓了一跳,睡在床上的病人,已经无影无踪了。

　　夸特曼很惊讶,刚要到帐篷外去找,却看到帐篷门口的沙地上有一个人,原来那个人正趴在那里。

　　"你怎么到这里来了?"

　　那个人用细微的声音说:"我的眼睛有点模糊。请你告诉我,斯里曼山是不是在那个方向?"然后又用他那黑而枯瘦的手指向北方。

　　帐篷的北方有一片方圆一百五十千米的大沙漠。在黄沙的尽头,远远的地平线上,有一座山峰。那山峰在早晨的阳光里,清晰地露出它的轮廓。

那座山正是非洲人所说的斯里曼山,那是一个极为神秘的地方,从来没有一个欧洲人能够到达那里再活着回来。

"没错,斯里曼山是在那个方向。"

夸特曼用温和的语调回答了那个人。

那个将要死去的人,一瞬间好像眼睛亮了一下。不过,一会儿,他的眼皮又垂了下来。

"唉!我已经不能到那山上去了!恐怕任何人都不能去吧!"

那个人自暴自弃地说,声音极其微弱,好像绝望到了极点。那枯瘦的脸上露出了将要死去的神色。

那个人闭上眼睛,想了一下,然后像是下了决心,又睁开了眼睛,注视着夸特曼那和蔼的面孔说:"你真是太亲切了。不仅从狮子的嘴里救了我的命,而且昨天晚上还一直看护着我。所以我要把一切的情形……"

那个人还想说什么,却咳嗽得喘不过气来。

"你不要着急,有话慢慢讲。你先休息会儿吧!我扶你到床上去好吗?"

那人连忙阻止夸特曼:"谢谢!我马上就要休息了,要永远地休息了,所以我想把一切事情都告诉你,可以吗?"

"当然可以。"夸特曼亲切地说。

"你待我太好了,这些话算是我临死前送给你的一点礼物吧。你懂葡萄牙文吗?"

"懂一点!"

那个人微微地露出了满足的笑容,然后从他那件满是汗渍和灰尘的衬衣口袋里,拿出一个土著人用鹿皮做的烟丝袋,袋口用皮绳绑着。他的手指有些发僵,已经不能解开那根绑在皮袋上的皮绳了。

"请你替我解开它,把里面的东西拿出来吧!"

夸特曼把绑着袋子口的皮绳解开,从袋子里拿出了一块破旧的黄色麻布和一张破烂报纸。麻布和纸上都用黑色的墨水写了一些难认的字,还画了地图。

"这些东西都送给你。你若是能懂这上面所写的是什么,而且能越过面前这一片杀人的沙漠,你将会成为世界第一大富翁。"

那个人虽然呼吸很困难,仍然非常热心地告诉夸特曼。

夸特曼一方面同情这个人的遭遇;同时,亲眼看见因为受了传说的诱惑而丧失性命的例子,心里感到非常恐怖。

那人见夸特曼默默地不搭腔,一面喘着气,一面很难受地说:"趁我、我……还没有死,我把这块麻布和这张纸的秘密都告诉你吧。我的祖先是葡萄牙的贵族,名叫约瑟·西菲特拉,是三百年前的人。因为他触怒了国王,被放逐到南非。他听到土著人关于所罗门王宝藏的传说,决心为自己的子孙得到这批财富,所以就带着一个忠心的奴仆,到斯里曼山去了。他横越了那任何文明社会的人都没有越过的沙漠,一直到山的那边。但是,他受到魔法师的诅咒,因而死去了。在山脚下等候的奴仆,看着主人好久没有回来,就去找,才发现主人早就死了,把握在主人手里的皮袋子带了回来。

"这个皮袋一直保留在我们家,世世代代流传下来。但是,一直没有人敢冒着生命的危险,循着祖先约瑟·西菲特拉所走过的路去试试看。

"到我这一代时,我虽然试过,看到了斯里曼山,但是,我还是失败了,不过,像你这样慈善的人,神一定会保佑你的。你一定能把所罗门王的钻石拿到。你将成为世界首富!"

那人热心地述说了这些后,生命的火炬似乎已经烧尽,已经没有支撑自己身体的力气了,脸几乎贴到沙子上。

"喂,朋友,振作一些!"

那个人用很微弱的声音说:"谢谢!我能这样死在白人同胞的怀里,我很幸福……"

说到这里,他就断了气。

"可怜的年轻人!"夸特曼叹了一口气说,"人实在不应该过分贪

心啊!"

夸特曼一面自言自语,一面在胸前画了一个十字,然后命令手下的土著人猎师,把那个青年人埋葬在沙漠里。

这一天,夸特曼没有去打猎。整整一天,他都在帐篷里看着那个青年留下来的麻布和纸,那纸上用黑色墨水画了张草图,黄色麻布上也用同样的黑墨水写了些字,字体很难认。麻布上写着:

1590年,本人约瑟·西菲特拉在斯里曼山的"希巴乳房"高峰西侧山顶的山洞里,因饥饿而死之前,用自己的血和内衣,写下这封遗书。

我忠实的奴仆,如能来到这里,请你把遗书带回家去,我儿子可以将它献给葡萄牙王,申请大赦。

国王可按照我所写的,派遣军队,越过沙漠和高山,抵达所罗门王之古都。那里有勇猛残忍的库坤纳人,同时他们又有可怕的魔法师,可与他们斗争,将他们消灭。

这样一来,葡萄牙国王必步所罗门王之后,成为世界上最富有、最伟大的帝王。为了打破库坤纳人的魔法,请多雇用道行高深的人。

本人曾亲眼看见所罗门王收藏钻石的宝藏。但是,因为中了库坤纳国魔法师妖婆盖古尔的阴谋,所以空手而返。而且因为被妖婆盖古尔诅咒,我这条命眼看就要丧失在她的手里了。

想到这里来的人,应该按照地图先到西侧"希巴乳房"的山顶,过了这座山以后,就可到达所罗门王所建的公路。从那里再走三天的路程,就可到达库坤纳国的王宫。

到了库坤纳国的第一件事,要切记着先杀妖婆盖古尔。

约瑟·西菲特拉 字

夸特曼读了以后,觉得阴森森的,头上立刻冒出了许多冷汗。

"如果真有其事,这将是非常珍贵的记录,想不到这黑色墨水竟是三百年前的人血。这封遗书真是珍奇啊!

"妖婆盖古尔这个名字很奇怪,一定是个老怪物。我怎么会收到这么一件礼物呢!我虽然无意成为世界第一大富翁,但是,也许还有不怕死的冒险家哩。

"这封遗书和地图,千万不能轻易让别人看到,必须好好收藏起来。"夸特曼自语道。

乔治·卡迪士

一年的时间很快就过去了。夸特曼在这一年里到各处去猎象,等象牙存多了,就拿到南方的钻石矿区和欧洲商人聚集的海岸城市里去卖。但是,他从不在欧洲人多的地方停留。他把象牙卖掉之后,立刻又回到山里去猎象。

一天,夸特曼在一个荒僻的土著人村落巴曼谷安置帐篷时,看到一辆马车从那里经过。在那附近,马车是一种很稀奇的东西。坐在马车上的那个欧洲人身体很壮,长相也很高贵,但是一副很难亲近的样子。

那个欧洲人所带的土著人猎师吉姆,从前曾经跟夸特曼学过打猎和射击。吉姆看见夸特曼很高兴,在马车停下来的时候,一直和夸特曼聊天。

夸特曼从他那里知道那个欧洲人叫乔治·卡迪士,是英国一个世家的后裔。

"吉姆!你们打算到什么地方去?要想猎什么野兽呢?"夸特曼认为他一定是在本国待腻了的大少爷,才到这里来打猎。

吉姆微笑着说:"听说他是去找比象牙还要好的东西!"

"什么?你说是找金矿吗?"

"嘿,嘿,比金子还要好的东西!"

"哼,奇怪啦!到底是什么东西呢?"夸特曼实在想不出来。

吉姆向四周看了看,然后小声地说:"我这位雇主告诉我不准说出去。不过,我想告诉你是没有什么关系的,我们要去找钻石。"

"钻石?你们走错方向了。你们应该往采矿区那边走才能找得到啊!"吉姆没有立刻回答,稍微迟疑了一下,把声音压低下来,好像很神秘地说:"你听过沙漠那边斯里曼山的传说没有?"

夸特曼听到斯里曼山,不觉皱了皱眉头。

"听说过。"

"那么,那里有钻石的事,你也听说了吧!"

"听是听说了,不过那是毫无根据的话,而且……"

"那些事情不是假的,也不是毫无根据。以前有一个女人领着她的孩子从山那边横越沙漠到这里来,我亲耳听她说的。

"对了!就是在加尔全瀑布旁边,我和你发高热的时候,照顾我们的那个土著人。你还记得吧?

"虽然那个女人已经死了,不过知道的人一定还很多哩!"吉姆兴高采烈地谈着。

"吉姆!这件事还是慎重地考虑一下再说。如果想到斯里曼山去,恐怕一走进那片沙漠,你和你的雇主就要变成骷髅。"

夸特曼想到世人当中,还有像那个葡萄牙人一样不怕死的冒险家,心里不禁升起怜悯之情。

"人生在世,反正早晚要死的。既然如此,倒不如到别人没有去过的地方走一趟来得痛快!"吉姆露出洁白的牙齿,笑着回答夸特曼。

这时,马车已经准备启程了,乔治·卡迪士很不耐烦地叫着吉姆。

"我的雇主在叫我了!再见。也许像你说的,我不能再回到这里了。"

吉姆急急忙忙地转身要走,夸特曼紧接着又对吉姆说:"等一等,你的雇主真要到斯里曼山去吗?"

"当然!他说他想发一笔财再回英国。所以不管是死是活,都要去找钻石。"

"好了!你如果真想去,我给你点东西。"

魔境探险

夸特曼迅速地从衣袋里拿出记事簿来，撕下一张纸，画了所罗门宝藏的草图以后，在旁边空白的地方写下了葡萄牙人西菲特拉写在麻布上的几句话："想来的人们，应该按照地图先到西侧'希巴乳房'的山顶，过了山以后，就可以到达所罗门王所建的公路。"

"吉姆！到了沙漠边缘，再把这张纸交给你那位雇主好了。你要跟他说，一定要照这上面所写的去做。现在，千万不要把那张纸条给他，免得他啰啰唆唆又来问我。"

"谢谢你，再见了！"

吉姆急急忙忙地去追赶那已经走远了的马车。夸特曼一直站在那里看着那辆马车，直到它消失。

"乔治·卡迪士是个很好的青年，他这样做真是有点可惜。吉姆在土著人里也算是难得的聪明人，而且诚实，这一去恐怕再也见不到他了。"

夸特曼对乔治·卡迪士很同情。他虽然只和乔治·卡迪士说过一两句话，但觉得这个年轻人娇生惯养，很任性。

意外来客

自从夸特曼和乔治·卡迪士、猎师吉姆分别以后，不知不觉又过了两年。

有一天，当他在马太比勒地方的森林里搭起帐篷，准备猎非洲象的时候，忽然有两位客人来看他。其中一位客人身高约两米，肩膀宽手又长。他的胡子和头发都是金黄色的，容貌很高贵，有着一双沉静的眼睛，他说他是亨利·卡迪士男爵。

另一位身体也很健壮，肩膀宽阔，但是身材不高，皮肤也比较黑，不过服装很讲究，胡子剪得很整齐，右眼上带了一片单眼镜，装了满口的假牙。他自称是退役的海军上校约翰·古德，是个很奇特的人物。

大家互相打过招呼后，夸特曼问他们有什么事情找他。

亨利男爵把身体向前凑了凑说："夸特曼先生！前年的这个时候，

你是不是曾经住过巴曼谷?"

"是的。不过,你为什么问这个问题?"

"你在那里见过一个叫乔治·卡迪士的男人吗?"

"嗯,没错!我曾经和他见过一面。"

夸特曼想了一会儿,终于想起那个和吉姆一起上斯里曼山的青年。

"是吗?好极了,夸特曼先生。乔治就是我的弟弟。"

亨利男爵的话,令夸特曼十分惊讶。亨利男爵睁大他的灰色眼睛,望着遥远的地方,继续说:"乔治从小个性就很强,喜欢冒险。读过一本非洲探险记以后,就发生了兴趣,两年前曾向我要求到非洲探险的费用。

"当时,我怕他遭遇意外,所以没有答应。他从小就娇生惯养,因为这事恨我,所以私自出走,没有下落了。我曾经托了很多人找他,直到四五个月前,才听说乔治在南非白人不常去的一些很荒凉的地方走动。过了不久,有人告诉我:乔治在行踪不明之前,最后所遇见的白人,是猎象名手夸特曼先生。所以我才和我最要好的朋友古德上校从英国来到南非,到处打听,好容易才在这里见到了你。夸特曼先生,你知道我弟弟现在在什么地方吗?是不是还活着呢?我想用我一半的财产,把我最亲爱的弟弟领回英国去。请你把你所知道的消息都告诉我好吗?"

亨利男爵的话充满了对弟弟的手足之情,每句话都非常恳切,夸特曼很受感动。

可是,他不知道怎样回答。因为他根本不知道乔治的生死。同时,夸特曼也不是一个随便说话的人,所以他很为难地说:"令弟死活的消息,我不大清楚。不过,我知道令弟想要得到所罗门王的钻石,冒着生命的危险去探险了。"

"什么?所罗门王的钻石?"

"那是怎么回事,请你详细讲一讲好吗?"

亨利男爵和古德上校好像听到了一件很离奇的事似的,两个人同时发问。

夸特曼就把自己知道的一一讲给他们听。

"哎呀!我弟弟已经越过沙漠,到那个可怕的地方去了吗?"

亨利男爵脸色发青,呼吸急促地问夸特曼。

古德上校也担心地问:"从那以后,就没有听到乔治的消息吗?"

夸特曼被他们两人的真心感动了,从上衣口袋里,把那个葡萄牙人临死时送给他的皮袋子拿了出来。然后从那个羊皮袋子里,又拿出来地图和说明书。

"这是在令弟去探险的前一年,一个青年临死时送给我的。"

"你看看这两件东西,就知道令弟去的地方是多么可怕了。"

远征的计划

亨利男爵和古德上校详细地看过了地图和记录以后,面面相觑。

"当时我也曾想劝令弟不要去,不过看样子动摇不了他的决心,所以就没有多说。但是,我曾经把这个地图和应该注意的事情抄录下来,交给他的一个名叫吉姆的土著人猎师了。经过了两年,还没有听到令弟从沙漠回来的消息。如果他还活着的话,可能已经越过了斯里曼山,到了库坤纳国了。"

亨利男爵听后,恳切地说:"谢谢你!夸特曼先生。我弟弟总算是有了消息。为了找我弟弟,确定他的生死,我无论如何也得越过那片杀人的沙漠和斯里曼山,到库坤纳国去。我想请你领路,一切探险费用由我负担,同时,还要付你一笔优厚的酬金,请你答应和我们一同去。"

"夸特曼先生!请你帮帮男爵,我们一起到那个神秘的地方去吧!"

他们两人来非洲的时候,就已经下了决心,无论冒着多大的危险,遇见什么困难,也一定要把乔治找回来。为了实现这个愿望,他们把熟悉南非当地情形、受土著人敬佩且枪法高明的夸特曼请出来帮忙。

可是,夸特曼摇了摇头,抱歉地说:"谢谢二位。不过,我想我不能接受这番美意。因为我有一个孩子正在读书,我必须抚养他,所以我不能太冒险。"

亨利男爵和古德上校听了后,很失望。不过,亨利男爵是个意志坚强的人,而且机灵聪明,稍停片刻,他又说:"为了你儿子不参加探险队是应该的。不过,我有个很失礼的想法,就是说,你应得的酬金,我现在就全部付给你。你一旦发生不幸,你儿子也可以有足够的生活费。你看怎么样?"

亨利男爵的诚意,终于打动了夸特曼。他说:"你既然这样诚恳,我只好陪你们去了。"

"真的吗?好极了!太感谢你了。"

亨利男爵和古德上校见夸特曼答应了,都格外高兴。

"这次去探险,是否还能活着回来,任何人都没有把握。所以请你们两位做些准备,把留在国内的财产做个安排,免得日后发生纠纷。"

"谢谢你的忠告。不过,我觉得我们若是协力合作,一定可以突破任何困难。好,现在祝福我们前途光明,大家握手吧!"亨利男爵说。

于是,六只大手紧紧地握在了一起。

青年人温勃帕

从那天起,他们就开始做各项准备工作。

亨利男爵和古德上校都想帮夸特曼做些事。但实际上,这次旅行需准备的事情,无论大小都是由夸特曼计划和筹备的。因为每件事都需要他多年的经验和智慧。

由于夸特曼的判断力和亨利男爵的财力,探险用的马车、家畜、食粮、医药品和武器等都准备妥当了。现在,需要找一个能同生共死跟着去探险的仆人了。但是想找一个理想的仆人是很困难的,连夸特曼都感到束手无策。因为像这种冒着生命危险的旅行,有时候会因仆人的好坏决定雇主的生死,所以必须找一个做事负责、有信用而且勇敢的土著人。

因此,夸特曼在选择仆人的时候非常慎重。他费了一番苦心,终于选到了两个土著人,一个叫蕃吐,擅长用绳索套野兽,身体强壮得像头牛;另一个叫奇巴,是个很诚实的青年。

就在夸特曼将要出发探险的那天早晨,奇巴向正在指挥装货的夸特曼报告:"先生!有个人想见你!"

"什么人?你领他到这儿来!"

奇巴很快就领来了一个年纪有二十四五岁,身材高大、面貌端正的土著人。

"你叫什么名字?"

"我叫温勃帕!"

那个土著青年回答得很清晰,夸特曼一见就喜欢上他了。

"我好像在什么地方见过你。"

"是的。很久以前在加尔奎瀑布旁,我们曾经见过面。"

夸特曼终于想起来了。大概在十年前,夸特曼和猎师吉姆在加尔奎河附近猎象的时候,夸特曼突然得了高热病。吉姆背着已经病得半死的夸特曼,到了住在加尔奎瀑布旁边的一个女土著人的小房子里。那个女土著人长得很美,文雅而亲切地看护夸特曼,在她的精心照料下,夸特曼很快就恢复了健康。但就在夸特曼刚刚恢复健康的时候,吉姆受到感染,也得了高热病。

女土著人让十四岁的儿子帮着她,彻夜不眠地照顾吉姆。那个聪明的小孩,就是温勃帕。

那个女人本来生长在北方,在温勃帕还是婴孩的时候,因为被敌人逼迫,才逃过了沙漠到瀑布附近来居住的。夸特曼在病后休养期间,曾经教小温勃帕打靶消遣。小温勃帕不仅理解力强,而且非常敏捷。没想到,十年工夫,小温勃帕已经长成了一个强健的青年。

"噢!我想起来了。"夸特曼高兴地说,"你有什么事吗?"

"听说你要穿越沙漠到北方去,是真的吗?"

"是真的。你为什么问这个呢?"

"如果是真的,我想跟你们一起去,可以吗?"

夸特曼听他说要参加探险,非常高兴。他正想再找一个仆人,目前还没有适当的人选。普通土著人听说要到北方去,吓得脸都变了色。但是,这个青年人却自愿参加探险,可见他很有勇气。

"欢迎你加入我们的行列。"

夸特曼把温勃帕领到亨利男爵和古德上校那里。

亨利男爵看见温勃帕强壮的体魄和端正的面孔说:"噢!真是个好青年。"

猎 象

夸特曼一行很快便出发了,他们先根据地图,选定了鲁坎可河和加尔奎河的交汇处,作为横越沙漠的出发地点。

为了到探险的出发点去,他们由马太比勒动身以后,遭遇到很多困难,也遭遇了很多危险。不过,亨利男爵和古德上校既不怕困难又不畏危险,所以夸特曼对他们的探险很有信心。三个仆人也很令人满意。

走了半个多月,探险队来到了一片美丽的树林。

树林中有清冽的泉水,也有野兽的脚印儿。一个高坡上,还长着很多大象喜爱吃的树,那附近有象的脚印,也有折断的树枝和被拔出来的树根。

"噢!这里有很多象!"

亨利男爵听夸特曼这样说,就笑着说:"怎么样?我们在这里歇一两天,让我们看看你高超的猎象本领,怎么样?"

"我想那一定很有趣!我虽然打过很多次猎,但是,从来没有猎过像象这样大的动物呢!"

古德上校非常有兴趣。夸特曼也兴致勃勃的,因为这也许是他一生中最后一次猎象的机会了。

三个人正谈着猎象的时候，突然从三百多米的前方，跑过一群黄色带斑的长颈鹿。

这时，古德上校正拿着装了子弹的猎枪走在前面，一时兴起，突然就向长颈鹿群放了一枪，恰巧正打在走在最后的一头小母鹿的脖子上，打断了它的脊椎骨。那头小母鹿摇了摇长脖子就倒了。

"打中了，看！我的枪法不错吧！"古德上校很高兴。

"好厉害！玻璃片先生。"运东西的土著人都觉得古德上校很了不起，不禁夸赞他。

"嗯！玻璃片先生的枪法真好！"因为古德上校戴了一只眼镜，所以土著人都这样称呼他。

"玻璃片先生，真不错啊！"幽默的亨利男爵也学着土著人的口吻开他的玩笑。

其实古德上校的枪法并不怎样，可是，土著人看到古德上校一枪就打中了长颈鹿，认为他一定是位神枪手。

夸特曼命令土著人把长颈鹿身上的好肉割下来准备在晚饭时吃，然后就在前面的水池边搭起了帐篷。

自从探险以来，夸特曼、亨利男爵、古德上校已经成了知心朋友，在晚饭的时候，大家一边吃一边谈着有关打猎的事情。古德上校特别开心，说："明天再给诸位表演一次！"

古德上校是个很有趣的人。他到南非来探险，照旧衣冠楚楚，服装还是那样整洁。脸上和头发修整得很干净，连眼镜、假牙也都擦得十分光亮。他还带了很多衬衫的领子，准备经常更换。

"衬衫领子并不太重，我无论怎样也得维持绅士的体面。"

这是古德上校的口头禅，但究竟这位绅士的体面能维持到什么时候呢？另外，古德上校在帐篷里睡觉的时候，总是先把衣服脱下来用刷子刷去泥土，把眼镜和假牙放在裤子的口袋里，然后再把衣服叠好放在一边，用被单盖上，以免被露水打湿。

第二天一早,大家准备去猎象。每人手里拿着枪,身上带着装满了红茶的水瓶离开帐篷。

他们走了不远,就发现许多象的脚印。土著人蕃吐说:"啊!好多象啊!看样子有二三十头,而且都是很大的雄象。"

他显得很兴奋。又向前走了一段路,他们看到前方二百米的洼地上,有三十几头大象,扇着大耳朵在那里玩。

果然如土著人蕃吐所说的那样,那是一群长着好看的象牙的雄象。

夸特曼抓了一把干草扔向空中,看看风向。因为若是顺着风向走近它们的话,由于象的嗅觉很灵敏,在还没有效射程时,它们就先逃走了。

"很好,是逆风,大家趴下,不要有响声,跟我来!"

夸特曼先静静地在那些矮矮的小树丛里往前爬。亨利男爵和古德上校心里很紧张,也跟在后面往前爬,一直逼近到离象群大约有四十米的地方,夸特曼回过头来,小声地说:"正面有三头大象。我们得先打它们。男爵射左边的那一头,上校射右边的那一头,我射当中的那一头。"

亨利男爵和古德上校心领神会地点了点头。

"射!"夸特曼命令道。

砰!砰!砰!子弹从三支枪口喷射出去。

亨利男爵一枪就射中了象的心脏,那头象立刻倒在地上不动了。

夸特曼射的那头象也从前面倒了下去,不过,一会儿,它又突然爬了起来,朝他们冲过来。夸特曼射象的经验非常丰富,连忙又射出了一枪。这一下射中了象的肋骨,象横着倒了下去,身上喷出了很多的血。

可是,古德上校射的那头象,不但没有死,反倒发出惊人的吼声,向古德上校冲了过来。

"哇!"古德上校惊得不知所措。他还没有来得及躲避,那头大象已经撞断了许多树枝,像一阵狂风似的从他的旁边跑了过去。

大家急忙跑过去,古德上校脸色苍白,帽子也掉了,浑身是土,也顾不得讲究绅士的体面了。幸好他没有受伤,大家才放下心来。

因为刚才的枪声,其他的象也吓得乱叫,都跑到树林里去了。

夸特曼大声命令:"追!"

追寻逃象是很容易的事。因为象逃过去的地方,树木被撞得非倒即断,狼藉不堪,所以一看就知道它们的逃路。

可是,这一群象逃得很远,追了两个多钟头,才在一个洼地看见它们。

那些象因为受了惊,所以喝水的时候,还心有余悸,时刻注意着四周的情况。有一头象像是哨兵似的,站在很远的地方,常常伸出长鼻子来侦察有没有奇异的气味。

"象已经有了提防,这次不能走到它们的跟前去了。我们一起射那头哨兵象吧!"夸特曼说。

他们三个人爬到离那头象约五十米的地方一起开火。结果那头哨兵象身体晃了几晃,凄惨地叫了一声就不动了,其他象听到枪声,很快就跑得无影无踪了。

夸特曼说:"今天射了三头象,成绩不错,该回去了吧!"

亨利男爵和古德上校都累了,同时觉得成绩还令人满意,大家就往回走了。

"等一会儿,先把象牙取下来,再把它们埋在树林里,作一个记号,等我们从斯里曼山活着回来的时候,再把它们挖出来吧。

"象的心脏非常好吃,今天晚上,我们有一顿好菜了。待会儿叫温勃帕来拿吧!"

夸特曼正指导三个仆人拿象的心脏时,上校发现侧面三百米的一个小山坡上,有五六十只大鹿站在那里向这边观望。

古德上校端起枪一个人走了过去。忠心的奇巴为了保护主人的安全,也拿着长枪跟了上去。

亨利男爵和夸特曼坐在枯倒了的树干上休息,等着古德上校回来。突然听到古德上校所去的那个方向,有象叫的声音。

夸特曼立刻脸色大变,站起来说:"不得了,这是一头受伤的象。"

果然在侧面有一头大象,两只大耳朵扇来扇去,直冲过来。

亨利男爵说:"夸特曼!那就是刚才古德上校射伤的那头象吧!"

"是的!太危险了。我们赶快找他们去!"

夸特曼拿起了猎枪,飞快地跑去,因为他看到古德上校和土著人奇巴正拼命向这里跑。

"啊!危险!"亨利男爵也跟着跑了过去。

古德上校和奇巴两个人举起手来,嘴里一边叫,一边跑。他们两个人恰好跑在象的前面,所以亨利男爵和夸特曼虽然举起了枪,却不能射击。

亨利男爵和夸特曼紧张得有些喘不过气来。正在这时候,古德上校被他自己那宽宽的裤脚儿绊了一下,他那擦得光亮的鞋在草地上一滑,人就整个儿栽倒了。

"哎呀!糟了!"夸特曼和亨利男爵吓得一起叫了出来。

就在这危急的时刻,奇巴看见古德上校跌倒了,立刻转过身来,对着那即将踩到古德上校的大象扑了过去,用他手里的长枪,刺进大象的前胸。

大象被刺中以后越发凶暴,连着吼叫几声,就用它那长长的鼻子把奇巴卷了起来,举得很高很高,再重重地摔下来,然后又用它的脚来踩。

夸特曼和亨利男爵看到大象这样凶暴,真是吓呆了。他们同时举起枪,连射了四枪。那头大象终于倒了下去,正压在奇巴的身上。

古德上校爬了起来,看见牺牲性命救他的奇巴,已经死在大象的身子底下,急忙跑过去摸着奇巴的尸体,哭了起来。

亨利男爵和夸特曼也跑了过去,心里非常难过,大家一起跪下,悲伤地为奇巴祷告。

温勃帕看着奇巴的尸体说:"好可怜呀!不过死得很壮烈,他是真正的男子汉。"

所罗门宝藏

沙漠之旅

在夸特曼的带领下,探险队一行人勇敢地向沙漠进军。他们带着三百年前的血图,穿越沙漠,就在他们生命之水即将枯竭的时候,发现了一个救命的泉源。

神秘的温勃帕

自从忠心的奇巴死了以后,大家都郁郁不乐。离开那座森林,又经历了很多困难的路程,终于到了鲁坎可河和加尔奎河的交汇处。这就是穿越"杀人沙漠"的出发点。

从这里开始就要向那神秘的国度进发了。

在土著人搭帐篷的时候,夸特曼邀亨利男爵和古德上校走到高冈上,向四周眺望,然后指着那遥遥无际的沙漠说:"这就是地图上所说的那片沙漠。"

亨利男爵和古德上校看到好像海浪似的一起一伏的大沙漠,心里涌起了无限的感触。

夕阳就要沉下去了,此时,天空显得格外明亮,在地平线的尽头,紫色的斯里曼山脉像一道巨眉横在那里。

"那就是充满了神秘传说的斯里曼山。我们能不能活着越过那座山,只有神知道。"

亨利男爵叹了口气说:"不久,就可以见到我弟弟了。"

他的声音里充满着柔情。

夸特曼和古德上校对亨利男爵非常同情,正想安慰他的时候,温勃帕突然走过来,用枪指着山说:"您一定要到那山里去吗?"

"啊!是的。"

亨利男爵转过身来,冷静地答道。

温勃帕慢慢地说:"这片沙漠很宽阔,根本没有水,而且山也很高,雪积得很深,又没有路。山那边究竟有什么,谁也不知道。你们为什么还要到那边去呢?到底是为了什么?"

这些话很不适合他做仆人的身份。夸特曼有些不高兴。

不过,亨利男爵并不在意。立刻告诉他说:"我弟弟到山那边去了,我想去找他。"

温勃帕点点头说:"我也听人家说有这么一个人,领着吉姆去了,还没有回来。"

"所以我才要去找他。"

"不过太远了,而且这次旅行很苦,很危险。"

温勃帕看着亨利男爵,好像在试探他。

"不管它怎样危险,只要我们决心要去,不会不成功的。温勃帕!不管沙漠怎么难走,只要为了兄弟情,有不怕牺牲的精神,是可以走过去的。"

温勃帕听了这些话,好像很满意,然后深深地叹了一口气说:"你真了不起!有你这种精神,没有不成功的。到了山那边,也许我会看见我的亲戚。"

温勃帕最后一句话,似乎隐藏着什么秘密。

"那么,你知道山那边的情形吗?"

一直保持缄默的古德上校,很怀疑地反问一句。

"啊!知道一些。我小的时候,听说那边有一个美丽的国家,有很多勇敢的人住在那里,也有很可怕的魔法师。反正到了那边就可以知道了。"

温勃帕笑着回答了古德上校的问题,然后转身往回走,一边走,一边扭过身来说:"不过诸位要多加小心!那座山上死星高照,与其将来后悔,不如现在多加考虑,不去为妙!"

亨利男爵和夸特曼面面相觑,亨利男爵摇摇头说:"这个人好奇怪!"

"是的,他一定有什么秘密不肯告诉我们,反正这次是探险,也不一定要相信土著人说的。"

和土著人在一起生活多年的夸特曼,并没有注意温勃帕的话。温勃帕所说的究竟蕴含着什么呢?

月夜中前进

第二天,他们整天都在做远征的准备。因为要走远路,一定要减少所带的东西,不能带猎象用的那种很重的枪。搬运行李的土著人也必须让他们回去。

夸特曼把东西都寄存在村落的一个上了年纪的土著人那里。

深深知道土著人心理的夸特曼,把每支枪都装上子弹,然后对老土著人说:"千万不要摸这根棍子。一摸这棍子,就立刻会死去的。你看……"说着,他就对准对面一头小牛,一扣扳机,"轰"的一声,冒出了一股火,那头小牛立刻栽倒死了。

老人吓得连忙发誓,绝不摸枪。当然,他会信守这个誓言的。

夸特曼和亨利男爵、古德上校,仆人温勃帕、蕃吐把随身带的轻便行李都准备好了。

他们一共带了快枪三杆、子弹各两百粒;随从用的连发枪两杆、子弹各两百粒;左轮手枪三支、子弹各六十粒;装满水的两升的水筒五个,干肉二十五磅以及其他药品若干。还有私人用品:小刀、磁石、火柴、香烟、白兰地一瓶及衣服一套。此外还预备了镜子和玻璃球,为了到山那边在必要时送给土著人,好收买他们的心。

按说要去探险,随身带的东西不应该这样少。不过,当他们想到要横越那灼热的杀人沙漠,实在不敢多带东西。

夸特曼从要回家的土著人里选了三个年轻力壮的,对他们说:"我送你们每人一把刀,你们帮忙把水运到半路上,好吗?"

"太危险了,我们一定会在半路上渴死的。"他们有些胆怯,不敢去。

夸特曼很懂得他们的心理,故意不讲话,把那柄带把儿的刀子,连续地打开、扣上。结果土著人受了诱惑,终于答应了运水的工作。

第二天,大家睡了一天。到了晚上,大家起身,吃了一顿丰盛的牛肉大餐,喝了很多红茶。

晚上九点钟左右,月亮升起来了,照得沙漠像是一片无垠的大海似的。

温勃帕拿着长枪,身上背着猎枪走在前面。

亨利男爵对夸特曼和古德上校说:"现在,我们要去做一件从来没有人成功的事情。是否能成功,只有神知道了。

"但是无论怎样,我们三个人都要生死与共。现在我们一同来祷告,祈求神赐福予我们。"

夸特曼和古德点了点头。于是,三个人摘下帽子,跪在沙子上,虔诚地祷告。过了一会儿,亨利男爵快活地说:"好了,我们走吧!"

他们又踏上了旅途。他们已经迈出了探险的第一步,四周静悄悄的,只有沙子在他们的脚下发出沙沙的响声。他们所能依靠的,只有那遥远的地平线上所看见的斯里曼山和三百年前用血画的一张地图。他们是否能成功横越这片"杀人沙漠",完全寄托在地图上所记载的那唯一有水喝的叫"脏水池"的泉水上。

这股泉水恰好在探险的出发点和斯里曼山的中间,从泉眼到出发点和到斯里曼山的距离恰巧相等,都是一百千米。

如果不在那个泉里补充饮水,就无法活着横越这片沙漠。

可是,这唯一的泉水是三百年前的地图上记载的。经过悠久的岁月,受到日光的照射,也许它干枯了,也许风沙把它掩埋了。

救命的泉水是否还存在呢?

炎热的沙漠

他们把命运交到神的手中,满怀悲壮继续向前。

古德唱起从前当海军时学的名为《海港的灯火》的歌。不过在这空旷的沙漠里唱,显得更加孤单和悲哀。

他们通宵不停地走,前进的路程可真不少。渐渐地东方红了,不久地平线上也放出了黄色的光芒。月亮逐渐地失却了光辉。这时虽然大家都很疲倦了,但是太阳一出来,沙漠里就很热,所以他们必须先找到一个可以休息的地方。

沙漠受到太阳的照射,热气上升,大家的汗像水一样往下流。过了一会儿,他们就觉得沙子烫脚了。

这时,他们看见一块大岩石耸立在沙漠里。

"我们到那块岩石后面去休息吧!"

夸特曼说着,便领先走到岩石那边去。

岩石后面的确很凉快,大家都躺在地面上休息。

夸特曼告诉大家说:"即使口很渴也不要多喝水!"

于是,大家喝了一点儿水,吃了一点儿肉干,就都休息和睡觉了。等一觉醒来,已经是下午三点钟了。

送水来的三个土著人,已经起来收拾好东西,预备回去了。他们知道这沙漠是很可怕的,所以无论如何也不肯往前走了。

"现在,大家尽量喝水吧!从现在开始,我们只能喝随身带的水了。"

听了夸特曼的话,大家先把水筒里的水喝光,然后再把土著人运来的水装到水筒里。三个土著人动身往回走了。

下午四点半,热气稍微退了的时候,他们再度出发了。一直奔向那片"死亡沙漠"的中心。这一段路程的确很艰苦,因为土地很干燥,根本不长任何生物。不过,苍蝇却时刻不离地紧跟着飞,真是讨厌极了。

"这些苍蝇真讨厌。我在伦敦博物馆,曾经看见过一块五十万年以前的琥珀。那里面有一批苍蝇。"亨利男爵一边说着,一边赶苍蝇。

他们又走了一个通宵。第二天太阳升起的时候,五个人实在太累了,就都躺在沙漠上了。

但是,因为今天没有像昨天那样的一块岩石来遮蔽太阳,所以在快要到中午的时候,沙漠就像蒸笼似的,好像要把每个人的内脏都蒸熟,身上的血液都烤干了似的。

这时,他们的皮肤已经不出汗了,喉咙干得要裂开。尤其是那些苍蝇,这时候更觉讨厌。五个人连翻身的力量都没有了,只能张着嘴,不停地喘气,至于睡觉,那是更不可能了。

"好热啊!"忍耐力最强的亨利男爵,也受不住了。

大家好像是被放在已经烧红的烤炉上面的牛排,每个人的骨头好像都快烤焦了。大家都觉得头昏眼花。

"实在受不了啦,我想喝水!"

"不成!现在要是不节省水,以后会更惨。"

夸特曼一再提醒大家,所以大家即使渴极了,也只敢用舌头舔一点儿水,润润嘴唇而已。

只有蕃吐因为是法田多族人,所以不怕热,并不觉得怎样难过,把脸贴在滚热的沙子上,睡得还挺香。

亨利男爵却忍无可忍地说:"受不了了,与其坐在这里受热,还不如走,倒可以早一些到呢!"

大家也认为走起路来,心理上可以减轻一些对热的感觉,立刻就表示同意,带着所剩无几的水和许多行李,重新上路。

"地图上画的那个水池在什么地方?"

"我们已经走了七八十千米了,如果真有泉水的话,应该离这里很近了。"亨利男爵和古德上校说话的声音都沙哑了。

他们一面走,一面向四周张望,希望能找到一点儿水喝。

夸特曼看着那张用血画的地图说:"三百年前那个泉源,如果还有的话,离这里最远应该不过二十一二千米了。大家振作起来吧!"

不过,夸特曼的内心,对于三百年前那股泉水是否存在的事,并没有充分的把握。由于受热、渴和疲劳的影响,队伍每小时大约只能前进一千五百米。天黑以后,本来说好稍微休息一下再继续赶路的,没想到一坐下来,大家就累得再也起不来了,大家舔了些水,就都躺在沙子上睡着了。

救命的水池

现在,月亮已经高高地挂在天空。天气也开始转凉了,大家睡足了觉,精神也恢复了。大家想趁凉快的时候,多赶些路,于是又动身前进。

深夜两点钟左右,大家走到一个像蚂蚁窝似的隆起的沙冈上。

这个沙冈高有四十米的样子。大家实在渴得忍不住了,在沙冈休息的时候,把水给全部喝光了,却觉得还不过瘾。不过,大家实在没有办法了,只能躺在沙子上昏昏地睡着了。

第二天早晨,古德上校说:"今天若是找不到水,我们只有死了。"

亨利男爵说:"假使地图真的是正确的话,泉眼一定在这附近。"

但是,大家面面相觑,没有人敢断定那三百年前的地图是绝对正确的。

正在这时候,蕃吐突然站了起来,仰起头用鼻子闻了闻说:"噢!在这附近有水的气味。啊!是在这附近!"

夸特曼很高兴地说:"真的吗?那可太好了!"

水会有气味吗?土著人有一种特殊的本领,他们可以嗅到一般人感觉不到的气味。

听到了夸特曼的说明,亨利男爵和古德上校都非常高兴。

可是,水究竟在哪里呢?大家看了看四周,并没有泉水和可以存水的洼地。大家拖着疲倦的脚步,在附近找了很久,但是始终没发现一滴水。

夸特曼觉得很失望。大家都很急躁，只有蕃吐仍然仰着头，吸着鼻子闻来闻去。

亨利男爵想了想说："也许在这个沙冈上面有水池，因为到目前为止只有沙冈上我们还没有去看过。"说着，往上看了看那座沙冈。

古德上校苦笑着说："别开玩笑了，从来没听说过高冈上会有水。"

夸特曼却恍然大悟地说："是要查查沙冈的上面。我们上去看看吧！"

不过，大家并不相信在沙冈上面会有泉水。

首先到达上面的温勃帕突然喊道："水！有水！"

"真的吗？温勃帕！"大家听后都拼命地往上爬。

果然在沙冈顶上，有一个像喷火口似的坑，坑底积存着许多黑色的水。

这就是三百年前，葡萄牙人西菲特拉用血画的地图里，注明的那个救命的水池。

大家拼命地跑到水池边，趴下去喝起水来。谁也管不得脏不脏了，大家尽情地喝着，觉得世界上再也没有比这些水可口好喝的了。

大家喝足了，又在水筒里装满了水，然后脱光了衣服坐在水里，把已经干燥的皮肤润湿。

这样过了不久，大家就像一群垂死的人又苏醒了过来。

所罗门宝藏

神秘的斯里曼山

五个探险队员终于登上了雪山,他们发现了一个神秘的山洞。但是极度的寒冷使他们失去了一个伙伴。与此同时,他们发现山洞里还有一具无名尸。

野生瓜果

大家喝足了水,好好地休息了以后,在第二天的傍晚,天气凉爽的时候,又开始前进了。那天晚上,探险队士气旺盛,一下子走了三十多千米。

天亮了,大家没有休息,继续不停地走,直到"希巴乳房"西边那座山峰。在路上大家已经把水又喝光了,现在再次感到渴得难受。

夸特曼鼓励大家说:"到了山顶,就有雪吃了!"

大家听说有雪可吃,也都提起了精神,拖着沉重的步伐,继续走在发烫的熔岩上面。

古德上校终于受不了了,痛苦地说:"啊!我受不了啦,要热死了。"

一向能忍耐的亨利男爵也抚摸着前额,慢吞吞地说:"有没有遮蔽太阳的地方?这样下去会晕倒的。"

"稍微忍耐一下吧!你们瞧,前面有块大岩石,那里可以避避太阳!"夸特曼自己也热得有些头昏,但他仍然极力安慰和鼓励大家。

大家终于咬紧牙关来到了岩石边,在背阴的地方跌坐在沙漠上,

不停地呻吟着。

忽然,夸特曼看见了一片绿,觉得十分奇怪。

离开岩石约有三十米的火山灰,也许受了风化作用变成了土,以后又有鸟类衔来的种子。现在,翠绿的草已经长得很繁盛,看起来好像一张绿色的地毯。

几天来,大家只看到黄色的沙子和火山熔岩,现在突然发现了绿,真是喜出望外。

温勃帕受到绿色的引诱,很快就走了过去。然后蹲下来,玩弄着草。突然他双手捧着一个绿色的东西,对大家说:"喂!快!快过来!"

温勃帕平时很沉着。大家见他突然慌张的样子,觉得很奇怪。

夸特曼着急地问:"怎么啦?温勃帕!"

温勃帕大声地嚷着:"快,快点,这里有吃的东西和水!"然后他把手里的那个绿色的东西拿给大家看。

大家立刻跑了过去。

"啊!这……这不是甜瓜吗?"亨利男爵和古德上校激动地叫了起来。

古德上校也顾不得什么礼节了,从地上拿起一个甜瓜,就用那一副假牙啃了起来。

大家站在一片野生甜瓜地的中间,这里长着几百个熟透的甜瓜。大家拼命地吃起来,每个人都吃了五六个大甜瓜。

正在吃甜瓜的蕃吐,突然发现从山那边的沙漠里飞过来几十只大雁,便大声叫道:"有雁飞过来了,快!快开枪!"

夸特曼立刻拿出连发猎枪,对准离地面约有五十米高的大雁,放了一枪。

"真准!好极了,已经打中了。"蕃吐好像猎犬似的,快活地向掉下来的大雁那边跑去。

饥饿与寒冷

蕃吐捡回来一只大雁,由于大家都已吃厌了牛肉干,立刻找来许多干枯了的甜瓜藤,生起了火,迫不及待地把雁毛拔掉,用火烧了起来。

大家自从出发的前一天吃了一顿新鲜牛肉后,一直就没吃过这样好吃的东西了,所以除了骨头和雁爪以外,大家把能吃的都吃了。

那天晚上,五个人的精神都恢复过来了,又继续往山上走,越往上走气温越低。

不过,山越来越险峻,一个钟头仅能走两千米地。

过了些时候,带来的牛肉干也吃完了,又发生了饥饿的危机。

夸特曼告诉大家说:"这次如果发现了甜瓜,大家应该尽量多带。"

不过,因为已经走到相当的高度,即使在白天也有些凉意,虽然很舒服,但是山很陡,稍不小心就要跌倒。而且到了这样的高度,甜瓜已经不能生长了。

等到山顶的时候,不仅寒气逼人,就连胃也饿得疼了起来,谁都没有气力说话了。

热带土著人蕃吐因为高山上气温的变化,受不了这种寒冷的气候,不仅身体渐渐地衰弱下来,连皮肤都变成紫的了。

天黑了,一行人才走到有积雪的地方。这里的气温变化更加无常。山下的气温可以熔化钢铁,但是在海拔三千米处,却有终年不化的积雪。夸特曼拿出毛毯分给大家说:"喝几口白兰地吧,然后大家要抱在一起睡,不然会被冻死的。"

大家都没有吃的,仅仅用雪润润喉咙,所以喝下了白兰地,很快就醉了。大家马上凑在一起,互相用体温取暖。蕃吐冻得整排牙都在打战,无法入睡。

到了天亮的时候,因为饥饿和寒冷的折磨,大家脸上一点生气都没有,可是,大家仍然努力向山上走去。

雪渐渐厚起来了,也增加了步行的困难,一点儿吃的都没有,胃已经疼得失掉了知觉。在短短的几天里,他们经过了酷热、口渴、严寒和饥饿。

"快到地图上画的那个山洞了吧!"夸特曼站在雪地里,向外探望。

此时,他们已经站在两座山峰中间的山冈顶上。每个人的脸色都十分苍白。

天就要黑了,连一个可以休息的地方都找不到。

"你怎么知道一定有山洞呢?"古德上校有点自暴自弃了。他那个单片眼镜冻得冰凉,他的眼眶已经冻僵了。

现在已经没有人注意他的仪表了,但他还是不辞劳苦地维持着他的绅士风度。

"西菲特拉不会画不正确的地图。由沙漠里面那个水池就可以证明了。我想那个山洞一定就在附近。"亨利男爵鼓励和安慰古德上校。

夸特曼很不乐观地说:"如果天黑的时候,还没有找到山洞,今大晚上我们大概就要被冻死了!"

这时候,走在夸特曼旁边的温勃帕,突然拉住夸特曼的手,用另一只手指着前方说:"瞧!那儿有一个黑洞,是不是他说的那个?"

夸特曼顺着他手指的方向看去,果然在前方两百米处有一个山洞。

"对!是那个山洞。我们找到地图上的那个山洞了。"夸特曼高兴地叫了起来。

五个人兴奋地在冻得硬邦邦的雪地上,东倒西歪地走向洞口。

洞窟中的一夜

那个山洞的确是三百年前,约瑟·西菲特拉在地图上所注明的那一个。

五个人总算是很幸运地得救了。因为山顶上太阳光消失得比较快,等他们走到洞口的时候,四周已经什么都看不见了。如果再晚几分钟,他们找不到那个山洞,就只好在雪地上休息了。可是这么冷的天气,恐怕都要被冻死的。

他们走进山洞,用手摸索着向前走。山洞并不大,但是比睡在雪地上好得多。而且风也吹不进来。大家把身体紧紧地靠在一起,每个人又喝了一小口白兰地,这是最后的一点酒了。为了忘掉寒冷,五个人决定早一点儿睡。可是零下几十度的气温,怎么能入睡呢?

"在沙漠上虽然热得要命,但是比这里要好一些!"古德上校感叹道。

的确,在那酷热的沙漠上,受尽了折磨的身体,突然又到这么冷的气候里,实在是不堪忍受。

蕃吐尤其可怜,他整夜冻得浑身发抖,牙齿打战。在天将亮的时候,他突然停止发抖,牙齿也不再打战了,深深地吐了一口气,才安静下来。大家以为他睡着了,所以并不在意。

天亮了,太阳升上来,阳光照到洞里,大家都借着太阳的温暖,舒展了一下已经冻僵的身体。可是,只有蕃吐仍然像石头一样,躺在那里一动也不动。

"蕃吐怎么了?"

"啊!他已经死了,真可怜!"

大家在阳光下,发现蕃吐已经死了。

蕃吐深深呼出的那口气,原来就是他最后的一口气。太阳升高了,阳光已经照到了洞里面。

古德上校突然叫了起来,说:"咦!那里还有一个死人呢!"

大家顺着他指的方向往山洞里面看去,果然有一具尸体,靠着山洞坐在那里。头向前垂了下来,长长的两只手摆在两侧。

大家受到饥饿和寒冷的痛苦,早晨又看见蕃吐突然死去,精神本来就有些不安,这时候又发现了一具死尸,而且不知他的姓名和来历。所以亨利男爵和夸特曼、古德上校、温勃帕都慌慌张张地跑出洞去。大家都觉得有些害怕。

突然亨利男爵说:"我要进去看看!"

"看那个死人做什么?"古德上校脸上有些苍白,反过身来问亨利男爵。

"说不定他就是我的弟弟。"

也有可能。因为刚才那一瞬间,大家看到的那个死尸不是土著人,而是个白人。

古德上校点点头:"也许是,再进去看看吧!"

夸特曼和温勃帕本来胆子就不小,现在心情也平静下来了,他们和亨利男爵走进山洞。

太阳光从斜上方照进山洞里,洞里那些照不到阳光的地方,暗暗的,显得有点儿阴森。

亨利男爵走到那具死尸的旁边,蹲下身子,仔细地查看死尸的脸孔。

"啊!还好,不是我弟弟!"亨利男爵回过身来向大家说。其他的人也都走过来围着看那具尸体。

三百年前的死尸

那个死人是个四十来岁的男人,面孔精悍得像一头鹰,头发有些花白,下颚留了很长的胡子。他的皮肤发黄,肌肉已经干得可以看到骨头。他身上除了仅留着一条像裤子的毛质布以外,差不多整个都是赤裸的,像个木乃伊。他脖子上挂着一副旧的象牙十字架。

"这个死尸是谁呢?"夸特曼自言自语地说。

亨利男爵也摇了摇头说:"不知道。"

古德上校突然说:"这是约瑟·西菲特拉的死尸。"

夸特曼睁大了眼睛说:"老兄别开玩笑了,他是三百年前的人呀。"

"别说三百年前,就是三千年前死的,在这么冷的地方,尸体也不会腐烂。因为在这里细菌不会繁殖,而且三百年间,从来也没有人和其他的动物到这里来,西菲特拉的尸体自然可以留在这里,这并不奇怪。"

"听起来倒是有道理!"亨利男爵和夸特曼都赞同古德上校的想法。

古德上校接着又说："他身上没有穿衣服,那一定是把地图和遗书写在衣服上,后来他的仆人在他死了以后,找到他的尸首,把衣服脱下来的缘故。你看……"

古德上校在地上找到了一根尖尖的骨头说："这一定是西菲特拉画地图时用的东西。"

"对了,一定是这样!"亨利男爵和夸特曼惊奇地看着这三百年前死去的探险家的尸体,他们都觉得这件事十分离奇。不久,亨利男爵又有了新的发现,足可证明这具死尸的确是西菲特拉。

"古德上校!你说得完全正确。你看,他画地图时用的血,就是从那里流出来的!"在死尸的左手上有一块带着黑色血痕的小伤口。

证据既然这样齐全,再也没有疑惑的余地了。坐在山洞里的死尸,确实是三百年前留下地图和探险记录的约瑟·西菲特拉。夸特曼他们根据他留下来的地图和探险记录,才找到这个山洞。

西菲特拉一定是受尽了饥饿和寒冷,为了把自己所发现的所罗门宝藏的秘密传给后代子孙,用那根尖骨头和自己的血,详详细细地把路途记了下来,然后一个人孤单地死在山洞里。

"噢!对了。这个人的脸和送给我地图的那个葡萄牙人西菲特拉有些相像,他们确实是有血统关系的。"

夸特曼这时也想起了,他在沙漠里救起的那个被狮子咬伤的年轻探险家。

同时,他们也想到,虽然已经到了这里,但是因为寒冷和饥饿的折磨,仍要和三百年前的约瑟·西菲特拉一样步入死亡的命运,于是大家心里产生了无限的悲哀。他们觉得西菲特拉的死和他们有着切身的关系,所以对他的尸首做了一番默祷。

"我们还是向前走吧!把蕃吐的尸体和这位前辈的尸体摆近些,免得他们寂寞。"

亨利男爵说着,就和大家一起把蕃吐的尸体抱了过去,和西菲特拉摆在一起。

夸特曼拿起了那根尖骨头说:"我拿走这根骨头笔做纪念吧!"

亨利男爵也说:"我要那个十字架!"然后就从死尸身上,把那个象牙的十字架拿了下来,放在口袋里。

他们准备越过山峰,向那笼罩着朝雾的雪原走去。

猎获大鹿

走过了"希巴乳房"中间那座山冈,朝雾在渐渐地消散。从这里开始走下坡了,在淡淡的朝雾里看见山腰上长了些绿草。

"快到那长草的地方去,也许会有甜瓜!"因为可能找到吃的东西,而且又是下坡,所以他们走得很快,精神也振作了一些。

他们走了大约五百多米远,路上的雪已经逐渐稀少了,很快就到了长着青草的山腰。在那里,有一条由雪融化成的小河,映着阳光,缓缓地流动着。

古德上校用手摸摸眼镜说:"啊!夸特曼!你看,有什么东西在河边!"

"在哪里?啊!那是鹿。谢天谢地!我们有肉吃了。"夸特曼高兴地跳了起来。

是的,那是一群鹿。那些鹿当然不知道,在这几百年以来没有人烟的地方,会有人用枪来杀它们,所以放心大胆地在小河边喝水,或在草地上趴着,或者互相嬉戏、跑跳。

只要能射到一只鹿,四个人的饥饿问题就解决了。

问题是如何用枪去射击。因为双方距离差不多有四百米,若想再靠近的话,不但风向不对,而且没有藏身的地方,所以要再靠近,一定会被天性胆小、小心翼翼的鹿发觉的。鹿一旦闻风逃走,他们实在是没有力气去追了。

"我们必须把它们打倒,这是我们生死的关键!"古德上校坚决地说。

"如果让它们逃掉了,我们就不知道要在什么时候才可以找到吃的。我们三个一起开枪好不好？三枪之中只要有一枪打中就可以了。夸特曼你看是用连发枪好，还是用散弹枪好呢？"亨利男爵也说。

夸特曼想了想说："连发枪可以射到七百米远，散弹枪却只能射到三百米，再远就不太准确了。不过，散弹枪射中的机会比较多，所以我想试试运气，用散弹枪吧！"

大家都尊重这位射击家的意见，夸特曼拿起了散弹枪，装上了子弹，谨慎地对准了目标。

"温勃帕，你发个号令。"

"好！瞄准！射！"

"砰！"三个人一起开了枪。枪声打破了这个寂静的世界。

枪弹射出以后，四个人都站了起来，看到那边有一只大鹿正倒在地上挣扎。其他的鹿受了惊，飞快地向山下逃去，早已无影无踪了。

"好极了，这回得救了。"四个人拖着疲倦的身体拼命地往山下跑，一直跑到那只大鹿倒下的地方。

"哎呀！糟了。没有生火的东西怎么办？"古德上校看着躺在地上的鹿遗憾地说。

夸特曼说："饥不择食，吃生肉吧！"说着就和温勃帕两个人用刀把鹿的腹部剖开，拿出鹿的心脏和肝脏。

"把那些东西埋在雪里冷一冷，就可以吃了。"

他们先拿到河边洗了洗，然后在雪地里埋了一会儿，分成了四块。

由于饿，每个人都大口地嚼起来。大家觉得这鹿肉好吃极了，连亨利男爵也觉得这肉实在好，生平从来没有吃过这么好吃的肉。

神秘的库坤纳国

历尽千辛万苦,他们终于看到了血图上画的所罗门大道。就在这时,他们撞上了一群野蛮的库坤纳国人。

外星球的访客

早晨八点多钟,雾已经全散了,山下的景物豁然显露在眼前。

后面是他们刚刚越过的"希巴乳房"高峰。眼前,山脚下,展现了一幅广阔、美丽如画的风景。到处都是葱郁茂密的树林,银色的河流穿过了青翠的草地,静静地流动着,一群群牛、羊在树林里和草地上吃草、玩耍,充满了生气。

斯里曼山的四周,环抱着这片树林和草地,这里是山间的一块盆地。比起"希巴乳房"山那边的沙漠,这里的海拔只有一百米,气候不冷不热,所以各种植物都生长得很繁盛。

再向远处看,发现了好些房子,从那些房子到山脚下,有一条平坦的大道。

亨利男爵感慨地说:"噢!原来这就是地图上所画的那条所罗门大道啊!"

古德上校也因为吃饱了,有了精神,便开口说:"再走一段路,就可以到达那条大路了,我们去看看吧!"

只有夸特曼顾及粮食的问题,跟温勃帕说:"温勃帕,在走之前尽量多带鹿肉!"

于是,温勃帕尽量用刀子割了很多鹿的大腿肉。不久,大家上路了,以轻松的心情踏着尚未融化的雪,向所罗门大道走去。三百年来,只有约瑟·西菲特拉走过的所罗门大道,现在就在眼前了。

可是走了没多久,山路突然中断,出现了一座极危险的断崖,他们只好绕道下山,这才到了所罗门大道。山下的空气新鲜极了,风景也非常美丽。

想起途中的各种艰难困苦,大家现在好像是到了天国一般。他们觉得世界上再没有比所罗门大道修得更好的道路了。

这条路时常穿过一座山,实际上是从半山腰掘通的山洞,山洞的两壁雕刻着许多乘着战车前往战场的武士和几千个兵士作战的情景。每个画像都生动细腻,雕刻技术相当高超。

亨利男爵十分欣赏地说:"这些雕刻的艺术价值很高啊!所罗门王是两千年以前的帝王,在两千年前能有这样大的工程和这样美好的艺术品,足见他们当时的文化十分发达!"

"我们已经到了另一个奇妙的世界了,也许还会遇见更多奇奇怪怪的事情。我弟弟一定是从这儿向北走的,我们也向北走吧!"

亨利男爵认为沿路上一直没有看见他弟弟的尸首,加之三百年前的死尸仍然没有腐烂,可能他弟弟早已从这条所罗门大道走到北边去了。

亨利男爵想到自己的弟弟曾经走过这条路,越发对这条所罗门大道深深地喜爱。

中午的时候,大家经过了一片树林。古德上校向四周围看了看,然后笑嘻嘻地说:"这儿有很多可以生火的干树枝。刚才吃的肝脏已经消化完了,现在烤点肉来吃怎么样?"

大家都认为这是好主意。四个人马上在树林中的一条小河边,生起了火。

温勃帕用树枝做成木签,穿上鹿肉,在火上烤了起来。鹿肉经火烤过后,发出了诱人的香味。大家痛痛快快地吃了一顿烤鹿肉,然后

就在那里休息。

他们回想途中所遇到的各种困难,同时想起了在山洞里因饥寒而惨死的土著人蕃吐,觉得他实在是太可怜了。

他们已经好久没有这样安适地休息了。过了一会儿,古德上校一个人离开了休息地,不知到什么地方去了。

过了好久他还没有回来,亨利男爵和夸特曼、温勃帕很是焦急,便去找他。原来古德上校正在河里洗澡呢。

古德上校当海军多年,喜欢干净、漂亮的习惯已经养成了。

此时,他只穿了一件法兰绒衬衫,正洗得高兴呢!洗完身上,他继续洗衬衫的硬领,然后再掸净裤子和背心上的尘土,又用鹿油把皮鞋擦得贼亮。

亨利男爵和夸特曼、温勃帕见古德上校在这个时候,仍然如此讲究,大家觉得他未免太过分了,就站在那里一声不吭地看着他。

古德上校还是满不在乎,又由衣袋里拿出一面小镜子来照着梳头。梳理完了头发,他看见了脸上的胡子,又用手摸来摸去。

亨利男爵向夸特曼耸了耸肩说:"我们的上校先生是不是要刮胡子啊!"

不出所料,古德上校果真把鹿油抹在脸上,然后用一把小刮胡刀刮起胡子来。

"哈哈!真爱修饰啊!"亨利男爵笑了起来。

古德上校用鹿油刮胡子好像很痛,时时皱起眉头,或者哼哼地叫,使得在旁边看着的三个人,不由得大笑起来。

古德上校费了好大的劲才把右边的脸刮干净,刚要刮左边脸的时候,突然有一道白光从古德上校的头上飞了过去。

"哎呀!"古德上校吓得叫了一声就趴在地上了。

亨利男爵、夸特曼和温勃帕看见了那个光亮的东西也紧张起来。因为距离古德上校十几步的草丛后面,不晓得什么时候,来了十五六个身材很高、有着赤铜色皮肤的土著人。

站在前面的那个十六七岁的年轻土著人,头上插着一个黑翎子,身上缠着豹皮。

从正在刮脸的古德上校头上飞过去的那道白光,原来是他扔过去的刺枪。不过,扔歪了一点儿,没有刺着古德上校,可是古德上校吓得早已躲得远远的了。

那个年轻的土著人看见刺枪没有刺中,立刻就扑过来。他后面的一个白头发的老土著人,连忙拉住了他的手,那个年轻的土著人才停住脚步。

老土著人拉着那个年轻土著人一起走了过来。亨利男爵和温勃帕赶快端起枪作应战的姿势。年轻的土著人和老土著人虽然看见枪口对着他们,却并不害怕,仍然继续向前走来。

熟悉当地情况的夸特曼看到这种情形,立刻说:"快把枪放下!他们都没有看见过枪!我先和他们谈谈再说!"

夸特曼认为,双方人数相差太悬殊,和敌人距离也太近,所以凡事要和平解决才比较有利。

不过,这些人住在远离人世的地方,不知道究竟怎样谈才合适。夸特曼顾不得那么多了,就用土著人话向他们说:"大家好!"

想不到,他们的话居然可以沟通。

那白发老头子说:"你好!"

"你们是从哪里来的?你们是做什么的?"

"为什么你们三个人的皮肤很白,另外一个却和我们是一样的颜色呢?"

那老头子一边说,一边看着温勃帕。温勃帕的皮肤颜色和他们相像,就是那强壮发达的身体也和他们相似。

夸特曼看到语言可以沟通,立刻安下心来,尽量友善地说:

"我们是从别的地方来。不过,我们对你们绝没有什么恶意。那个赤铜色皮肤的人是我们的仆人。"

那个白发老人摇摇头说:"你说你们走过那座任何有生命的东西

都不能走过的山,从别的国家到这里来,恐怕是说谎吧!

"假使你们真的是从山那边的国家来的,那么,我就要把你们全部杀光!

"因为库坤纳国的国王有命令,吩咐我们要杀死从别的国家来的人。来!动手!"

白发老人身后许多土著人,立刻从腰间拔出刺枪来。古德上校手里拿着刮胡刀,呆在那里看着夸特曼和土著人交谈。

因为他不懂土著语,就问:"夸特曼!他说什么?"

夸特曼哭丧着脸说:"他说要杀死我们!"

"什么?要……要杀死我们……这,这真是岂有此理!"

古德上校有些发慌了。他一发慌,不知不觉地伸手把假牙拿了下来。这是他在吃惊和发慌时候的习惯动作。

因为他以前有次一吃惊,险些把假牙吞下肚子里去,所以自那以后,遇事就把假牙拿下来。

古德上校这个动作,却招来了意外的好运。原来杀气腾腾的土著人,吓得一面喊叫一面向后退了很远。

"怎么回事?"夸特曼也有些莫名其妙了。

亨利男爵立刻说:"是因为他的假牙!他们看见古德上校把假牙拿下来,所以给吓住了。古德上校!再把假牙装上给他们看看!"

古德上校听了亨利男爵的话,把拿下来的假牙又装了上去。

"喂!让那些土著人看看你的牙!然后再偷偷地把它拿下来!"

"好!你瞧着吧!"这种动作虽然很幼稚,但是,古德上校却很严肃地、很得意地把嘴像猩猩似的张开来,好叫那些土著人看清他的牙齿。然后闭上嘴,用一个迅速的手法把假牙拿了下来。

这次再面朝着那些土著人,慢慢地张开嘴。刚才看见的白牙全没有了,只有红色的牙床,嘴里空空洞洞的,土著人立刻吓得叫了起来。

这些幼稚的动作,对从来没有见过假牙的土著人而言,简直是件不得了的怪事。

刚才用刺枪刺古德上校的土著人感到非常害怕,倒在草地上,两只手遮着脸,吓得浑身颤抖,唯恐有灾祸落在他身上。那白头发的老土著人,也吓得两腿发颤。

老土著人胆怯地说:"我明白了,诸位是神仙。你们如果是普通人,不会一半脸上长胡子,而且一只眼睛透明,还生长在外面,牙齿也可以摘下来再长上去。啊!诸位天神,请饶恕我们礼貌不周吧!"

别的土著人也都跪在地上叩首求饶,嘴里还不停地祷告。

夸特曼和亨利男爵互相眨了眨眼,知道他们可以幸运地脱离难关了。

夸特曼故意十分严肃地说:"我们虽然长得和人一样,但都是来自天上最大星球的神仙。"

"啊!神仙!神仙!"土著人都叫了起来。

夸特曼接着又说:"我们从天上来,是为了给你们送来福气。可是你们反而要杀害我们,不过神绝不杀人。

"因为我们是神,所以刚才你们的刺枪也绝对刺不着那位有发光眼睛和能拿下牙齿来的神。不过,那个抛刺枪的人也太没有礼貌了,我要处罚他!"

那白发老人听了这些话,马上跪倒在地上,叩首求饶说:"请饶恕他吧!他是库坤纳国国王特瓦拉的儿子,我是他的叔父。我们今天一起出来打猎,万一王子遭遇了意外,事情可就不好办了!"

那个老头儿主动说出自己的身份来。

温勃帕听说那个老土著人是国王的弟弟,就用锐利的眼光端详那个老土著人的面孔。

夸特曼和亨利男爵使了个眼色,又说:"你们好像怀疑我们神的力量。好!给你们看看,神发怒的时候是怎样处罚人的!喂,把那个掌心雷的筒子拿来。"

温勃帕忍着笑,把猎枪端起来,恭恭敬敬地送了过去。

"这就是发掌心雷的筒!"

就在这时候,有一只鹿正在他们前方七十多米的岩石上,歪着头向这边看。

夸特曼得意地说:"你们看!你们由女人肚子里生下来的人,可以叫天上的雷把那只鹿打死吗?"

老土著说:"这个我们可做不到!"

土著人也都点了点头。

夸特曼洋洋得意地说:"我是神,所以能做到。"

"不见得吧?"

那老土著人微笑着说。

夸特曼拿过枪来,沉着地瞄准那只鹿。那只鹿根本不认得枪,仍然站在那里没有动,这确是狩猎家的一个好机会。

"砰!"枪声打破了宁静。站在七十米外岩石上的那只鹿,翻了一个跟头,就从岩石上跌倒在地,一动也不动了。

土著人耳朵里听到那吓人的巨大枪声,眼睁睁地又看到那从来没有见过的怪事,吓得他们赤铜色的皮肤都失去了血色,惊慌地大叫起来。

夸特曼庄严地说:"希望要肉的,可以把那只鹿背过来!"

那土著人命令一个士兵去,那个士兵跑了过去,把死鹿扛了过来。

土著人围拢上来,看到鹿前胸的伤痕,吓得连话都说不出来了。

夸特曼说:"怎么样?神是不会说假话的。假如还有不信的人,他可以站到那边岩石上试一试,我可以用掌心雷一下子就把他打死!"

土著人当时脸都吓得发青了,没有人敢去试验。

这时候,那个土著人王子很不高兴地说:

"叔父!你站到那里去试试好不好?他这个雷虽然能杀死野兽,但是不一定能杀死人!"

"那……那怎么行呢!我已经亲眼看到他的法力很大,他们是神人。把他们带到国王那里去吧!假如还有人不相信神的力量,可以请他站到岩石上去试试看。"

那个老土著人说完,就看看那些土著士兵们。

"不……不,我们都亲眼看过了。"

"他的法术很厉害,这里没有人能赶得上的。"

"不要再试了,再试就该受神的惩罚了。"

那个老土著人听到士兵们全这样说,才放下心来说:"对了!那会受神的惩罚的!诸位都是从外星球上来的神!我叫伊哈德,是前任国王的王子。这个年轻人叫思克拉,是现任特瓦拉国王的王子。特瓦拉国王现在统治着库坤纳国,是魔法师的首领、十万大兵的元帅,皮肤很黑,他只有一只眼睛,膂力过人。"

夸特曼高傲地说:"那么,带我到那里去吧。我们有事要和他谈。"

"好!我陪诸位去。从这里去还有三天的路程。你们带的东西叫士兵们拿着好了。我们本是来打猎的,此次能陪同贵宾回去,实在太荣幸了。"

伊哈德害怕得罪了神人,所以命令士兵们替大家拿着东西。不过,没有人敢去拿枪,他们实在被它给吓坏了。

有一个士兵在河边找到了古德上校的鞋和裤子,恭恭敬敬地顶在头上,想拿走。

古德上校看到了,赶快追过去拿,吓得那个士兵一溜烟逃到一旁去了。

"喂!赶快拿回来!我还要穿呢!"

但是,土著人士兵并不懂得古德上校在说什么。

伊哈德老人连忙打躬作揖地劝解说:"先生!为什么要把那既美又白的脚藏起来呢?"

古德上校听了这种话,气得直跺脚。"混账东西!小偷把我的裤子拿走了。"

亨利男爵和夸特曼不由得大笑起来说:"土著人认为你是最高级的神仙,所以你得一直保持着现在的样子,好叫他们对你敬畏,否则就会发生危险了。你不能穿鞋穿裤子啊!"

"而且一半脸要留着胡子,否则他们会认为我们不是神仙了。"

亨利男爵和夸特曼一本正经地讲完以后,古德上校感到很伤心地说:"真的会这样吗?"

"这是土著人的信仰问题,所以要装到底。"

古德上校叹了一口气,过了很久才稍微习惯了他那奇怪的装束。

库坤纳国的历史

夸特曼一行跟着土著人,沿着那条平坦的大道一直往北走。

在途中,由夸特曼做翻译,亨利男爵和古德上校向伊哈德问了很多问题。

"这条路是谁修的?"

"从古时候就有,一直都没有人知道是谁修的。恐怕连那个活了几百岁的盖古尔婆婆也不知道。"

"那个山洞的画是谁雕刻的?"

"那个我也不知道!"

"那库坤纳人到底是什么时候到这里来的呢?"

"很久很久以前,我们祖先就由别的地方到了这里。因为这里四面都是山,没有法子向外发展,就在这里住了下来。

"由于这里很适合居住,所以就一代一代地传下来,变成了一个富有的国家。

"现在国民很多,一旦特瓦拉国王召集的时候,穿上盔甲的士兵可以站满整个旷野呢!"

"既然四面环山,不能到外面去,军队就没有战争的对象了?"

"不,北方勉强有一条路可通,所以也常常有其他国家的军队侵略。不过我们的军队很强,每次都把敌人杀得全军覆没。二十年前曾经有过一次战争,我们的军队虽然死了很多人,不过敌人却连一个活口都没有。从那次以后,就再也没有战争了。"

"没有战争,那军队不是太闲了吗?"

"那次战争以后,国内曾经发生过一次内乱。

"库坤纳的法律中规定,生双胞胎的时候,要把其中身体较弱的那一个杀死。

"特瓦拉王是伊茂兹王的双胞胎弟弟,他的身体比较虚弱,王妃觉得杀死他,未免太可怜了,就把他送到魔法师盖古尔那里去抚养。

"我自己是另外一个王妃所生的。我父亲死后,双胞胎哥哥伊茂兹就当了国王。在伊茂兹王妃所生的王子刚三岁的时候,就发生了内乱。

"那次伊茂兹王虽然得胜了,可是因为连年战争的关系,田地没人耕种,于是发生了粮荒,国民都愤愤不平,国内形势很不安定。这时,那个活了几百岁的魔法师盖古尔对这些情绪极不安的国民们说,伊茂兹王不是一国之王,特瓦拉才是真正的国王,就把藏匿在山洞里的独眼特瓦拉拖出来和国民见面。

"那时候,国民的情绪很冲动,大家正要找刺激,立刻高呼特瓦拉王万岁,然后就杀到王宫去了。

"伊茂兹王那时候正生着病,听说有人造反了,就带着王妃和三岁的王子,想要逃出王宫。

"这时候,他弟弟特瓦拉闯了进来,用匕首刺死他,然后就当上了国王。"

亨利男爵等对伊哈德所讲的库坤纳国的历史,非常有兴趣。尤其是温勃帕更是听得非常认真,在听到特瓦拉刺死伊茂兹王的时候,他的眼睛里发出了愤怒的目光,手不断地摸着刀把。

"王妃和王子是不是也被杀了?"夸特曼又发问了。

伊哈德老人摇摇头说:"不,王妃看见伊茂兹王被杀,就抱着王子逃走了。从那以后,就再也没有人见过王妃和王子。

"不过,听说是有一个忠心的侍女,协助王妃和王子逃到了'希巴乳房'峰。王妃和王子一定是逃到山的那边去了。"

"那么,假如那个王子还活着的话,他应该是国王了。"

"是的。王子的腰上刺了一条蛇,那是国王的标记。他如果还活着的话,当然是正统的国王。不过,恐怕王妃和王子都没走过山去,就死在半路上了。"

愉快的旅行

一路上,伊哈德老人讲了很多有趣的故事,所以大家走得轻松愉快。

伊哈德老人挑选了一个士兵作传令兵,叫他去通知所有经过的村庄,都要来欢迎从外星球来的客人。

那个身体健壮的士兵,认为这是一件光荣的任务,马上便跑得无影无踪了。所以当他们到达第一个村落的时候,村口已有很多人在等着迎接他们。马路旁,有一个团队的士兵拿着擦得锃亮的刺枪,戴着有羽毛的头盔,整整齐齐地站在那里,正如现在的仪仗队。

"连军队都来迎接,简直就像招待国宾!"亨利男爵笑着向夸特曼和古德上校说。

夸特曼故意庄严地向古德上校说:"上校!你是最高级的神,所以要庄严。土著人最喜欢你那双美丽的脚,千万不要穿裤子把它遮盖起来。"

古德上校哭丧着脸,也不答话。他那件法兰绒衬衫被风吹得上下飘动,古德上校紧紧地用力按着它。等他们走到军队的前面,士兵举起了包了一层皮的铁盾和光亮的刺枪,踏着步,唱起了军歌来。

伊哈德老人得意地说:"诸位客人!这些是我的军队,从现在开始,他们会保护着诸位到国都去!"

夸特曼等人你看着我、我看着你,彼此发出会心的微笑。他们横跨沙漠,又越过了高山,衣服和鞋子都弄得很脏,他们觉得像这样的国宾也未免太不体面了。

亨利男爵突然担心地问夸特曼说:"夸特曼!我弟弟的消息,不晓得这个老头知道不知道?"

夸特曼已看出亨利男爵的焦虑,安慰道:"耐心点!这个国家的情形,不久我们就可以完全了解了。假如在我们之前有白人来过,那当然是件很轰动的事情,我们一定可以得到这种消息。还是等一等再说吧!否则让土著人认为从外星球来的神人也有不知道的事情,我们就自贬身价了,甚至会有生命危险。"

虽然伊哈德和土著人士兵对他们都很尊敬,但是思克拉王子对他们十分仇视,处处找他们的茬,所以不得不加以防备。

傍晚的时候,他们到了一个村庄。村庄的四周有木栅栏围着,大门前站着卫兵,好像是个要塞。家家户户门前,都有许多妇女和小孩在那里看热闹。

妇女们见了古德上校的脚、透明的眼睛和脸上的一半胡子,都投来尊敬与羡慕的眼光,使这位装得很神气的海军军官觉得很难为情。

不久,他们就被领到村里最大的一间房子里去了。伊哈德老人很客气地说:"请进,请进!诸位从外星球来的客人!马上要开饭了!今天吃蜂蜜、牛奶和牛羊肉!"

"好吧!什么都可以。我们从外星球来到这里,现在有点累了。"夸特曼一本正经地回答了伊哈德老人。

因为伊哈德早已命令传令兵来通知,所以准备得很周到,已经铺好了用皮做的床,预备好了洗脸水。

不一会儿,门外传来热闹的说话声和脚步声。跟着就进来了很多女郎,排着队,手里捧着盛了牛奶和蜂蜜的壶,另外还有一个烤玉米的盆。最后进来了几个青年,牵了一头小牛,恭恭敬敬地走了过来。

夸特曼点了点头,有一个青年立刻抽出插在腰上的一把匕首,一刀就割断了小牛的喉咙。然后用极迅速的手法剥下皮来,把肉切碎了装在盘子里。

温勃帕帮着那些女郎,把牛肉放在锅里煮了起来。

夸特曼说:"伊哈德老人和王子,请过来和我们一起吃吧!"

夸特曼特别邀请国王亲近的人一道来吃晚饭。吃饭的时候,盛气凌人的思克拉王子时时斜着眼,偷偷地观察他们的动作,常常露出看不起的样子。自从他们见面以后,他一直这样。

可是,吃完饭以后,当他们三个人拿出烟斗,装上烟叶,点了火吸起烟,吐出紫色的烟时,思克拉王子、伊哈德老人以及那些土著女郎们都被吓呆了。因为他们不知道这是吸烟,以为又是什么魔法呢!

第二天早晨他们又继续前进,中途住了一个晚上,第三天傍晚,他们走到了靠近库坤纳国国都的一座小山上。

"从那座小山上,可以看到库坤纳国都!"伊哈德老人领着大家到小山上。

果然在山顶上,看到山下面有一片绿色的平原,那是一个部落,比中途看到的要大得多,四面都围着木栅栏,大约有八千米。另外,还有很大的兵营和国王的王宫。

国都的北面,有一座马蹄形的小山。在街市中间,还有一条美丽的小河穿过。再向北面看去,大约在一百千米的地方,有三座高山呈三角形分布着,山峰上满是积雪,山势险峻。伊哈德老人指着那座山说:"这条路到山脚下就是尽头了。山下面有很多洞,在进口的地方有一个坑,这坑正好在这三座山的中间。"

夸特曼向亨利男爵和古德上校递了个眼色,然后,很自然地说:"那些山洞是天然的?还是谁故意挖凿的?"

伊哈德老人耸了耸肩,漫不经心地说:"古时候的事我不大清楚。不过,听说从前有许多圣贤,时常从别的国家到那里去拿什么东西。现在是历代库坤纳国国王死后葬身的坟墓。"

"古时候的人到那里都拿什么东西呀?"

"那可就不知道了。诸位是从外星球来的,应该无所不知,这些事你们当然要比我还清楚!"伊哈德老人当然知道许多关于山洞的秘密,但他聪明过人,故意含糊其辞,不肯说出来。

夸特曼也不肯示弱地说:"我们在外星球向下面看,什么事情都很清楚。我们看到从前许多圣贤到那里,是去拿发光的石头和黄色的铁。对不对?"

"不愧是外星球来的,什么都知道。我自己不懂什么,不过王宫里面有一个魔法师知道得很多,而且年岁很大了,可以和诸位谈谈。"伊哈德老人好像对这件事不愿意多谈,就匆匆忙忙地离开了。

夸特曼看着他的背影,用手指着那三座山,对另外两个伙伴说:"那座山一定是所罗门王的钻石坑,也就是西菲特拉说的那个宝坑。"

亨利男爵和古德上校也产生了兴趣,用手遮着太阳,望着那三座山。站在他们身后的温勃帕说:"对了!那里的钻石堆得像山那么高!"

亨利男爵转过身来问:"你怎么知道呢?"

温勃帕露出了神秘的微笑说:"我……我不大清楚。不过,我做过梦,我在梦里看到那里有满山满谷的钻石。"他说完,立刻就走开了。

夸特曼说:"温勃帕一定知道库坤纳国的许多秘密。这个人行动很奇怪!"

"我看他也有点特殊,他可能从前到这里来过。"

"对了。你看他很聪明,而且相貌也很端正,和伊哈德老人有很多相像的地方。"

古德上校和亨利男爵都同意这种看法。

谒见国王

天已经黑了。热带地区通常白天和晚间是不太分明的,而且变化也很快。四周围黑了以后,皎洁的月亮升起来了,照耀着美丽的库坤纳国。

伊哈德老人又来了。他向夸特曼等人说:"大家休息好了吧?现在,我陪着各位到国都去吧!"

大家都表示同意,于是,又开始向前走,下了山坡,顺着所罗门大道走了一个多钟头,就到了国都的护城河边。河上有一座很大的吊桥,有很多武装卫兵在那里守护着。卫兵看见他们到来,就用刺枪和盾互相撞击了几下,表示警告,叫他们报出姓名和身份来。

伊哈德老人走了出来,说了一句话,那些卫兵立刻规规矩矩地敬礼,然后放下吊桥,让他们过去。等他们过去以后,又走了半个小时,才到一所房子的面前。那所房子的院子里,撒了很多好像石灰似的白粉。他们想:恐怕这是一种记号吧!

伊哈德老人说:"这屋是诸位客人住的地方,请进,请进。"

他们进屋后,看见所有的设备,比一路上所有的房子都阔气得多。有舒服的皮床,上面铺着香草;吃的东西也都准备好了。他们刚进去,立刻就有几个土著人女郎,从厨房端出来烤好的肉和玉米。

吃过饭,大家都累极了,很快就躺在床上睡着了,等到第二天醒来的时候,许多土著人女郎早已在那里等着侍候他们。

"夸特曼!今天是晋见国王的日子,好像只穿一件衬衫不太好吧!请你告诉卫兵把我的裤子拿来好不好?"

古德上校对于自己不穿裤子这件事感到很难过,所以特意求夸特曼帮忙,想穿上裤子。

夸特曼笑着吩咐一个士兵把裤子拿来,那个兵士说:"这位神人的裤子昨天晚上已经拿到王宫去,送给国王参观去了!"

夸特曼把这话翻译给古德上校听,古德上校很不高兴,只好穿着衬衫去见国王了。

大家刚吃过早饭,王宫里就派了一个侍卫来说:"特瓦拉王在等候着诸位呢,请立刻到王宫里去!"

夸特曼很熟悉土著人的习惯,所以连忙说:"我们正在休息,等太阳升高的时候,我们再去!"

夸特曼知道对付土著人的方法,就是无论在什么时候都要表现出妄白尊大的样子,让对方等是较为有利的,所以故意在那里吸烟,拖延了有一个多钟头,又利用这段时间,预备好了几件送给特瓦拉王的礼物。这些礼物当然不会有什么太好的东西,只不过是几个玻璃球和蕃吐从前所用的枪罢了。

等王宫的侍卫第二次来接的时候,夸特曼他们三个人才叫温勃帕拿着礼物,由国王的弟弟伊哈德老人陪着到王宫里去。

这儿虽然叫王宫,但是并不怎么宏大雄伟,只不过很多相同样式的小房子盖在一起,四周围着木头做的栏杆。听说那些小房子里住着很多的王妃。在王妃住的这些小房子的中央,有一幢稍微大一点儿的房子,那就是特瓦拉王的宫殿。

宫殿前面的空地上,站着七八千个国王的侍卫。每个都戴着有羽毛的头盔,刺枪擦得很亮,拿着盾,站在那里好像一排排铜像。

夸特曼等人由伊哈德老人领着一直走到队伍的前面。一万多道目光,都集中在他们的身上,这可使穿着法兰绒衬衫的古德上校越发觉得难为情了。等他们在宫殿门口设的席位上坐定以后,全场一片肃静,大约有十分钟的样子,门开了,出来一个身材高大、围着漂亮虎皮的男人。思克拉王子跟在他旁边。

突然,从那个男人的身后,出来了一个围着毛皮、枯瘦得像猴子似的东西。那个小猴子紧跟在他的身旁,等他在正面椅子上坐下来的时候,那个小猴子就趴在他的脚边了。整个场面显得越发肃静紧张。这种恐怖的沉默一直持续了大约十分钟,那个高大的男人站起来,转过身面对三位客人。

他的相貌难看极了!厚厚的嘴唇向外翻着;扁扁的鼻子,鼻孔向两旁张开;右眼好像宝石,黑亮有光;但是左眼瞎了,是个深深的洞。他头上戴着白色羽毛的冠巾,肩很宽,身体壮得像头牛,穿着一件钢链子编的护身甲。腰和膝盖下面绑着白牛尾编的带子。右手拿着很宽的刺枪,脖子上有一条粗粗的黄金的锁链。那样子,看起来十分残忍,令人生厌。

他就是特瓦拉王!

突然特瓦拉王把刺枪高高地举了起来。接着那八千侍卫也高高地把刺枪举在头上,这一个动作附带着发出来的声音,震天动地,十分恐怖。

"大王驾到!"蹲在特瓦拉王脚旁边的那个干瘦的小猴子突然说话了,声音很小,好像是硬挤出来似的。

"大王驾到!"八千名卫兵也高声喊了起来,这好像是对国王致敬的一种仪式。

口号喊过以后,四周又肃静下来,没有一点儿声音。突然,有一个卫兵过分紧张,手里的盾掉到地上了。

特瓦拉王很敏锐地听到了声音,立刻说:"混账东西!到这里来!"他的声音沙哑,充满了残忍的意味。

一个健壮的青年士兵立刻从队伍里走了出来,他吓得嘴唇已经有些发青了,但是仍然努力向前走,一直走到了特瓦拉王面前。

特瓦拉王骂道:"你这个混账东西!你把盾掉到地上,想叫我在客人面前难堪吗?"

"我错了!"

"你知道做错了事要受处罚吗?"

那个年轻的士兵颤抖着说:"大王!我是大王的牛,请像杀牛一样地杀了我吧!"

特瓦拉王那只眼睛闪了一下,发出凶光,转身对思克拉王子说:"思克拉!来,看你的枪法近来进步了没有?来,表演一下给我和客人看看。"

特瓦拉王好像非常喜爱儿子思克拉,当然,这也是他向外星来客显示他儿子本领的时机。

思克拉王子对他父亲苦笑了一下,然后拿起了刺枪。那个青年士兵用两手遮着眼睛,站在那里吓得一个劲儿发抖。

思克拉王子端详了一下自己的刺枪,然后举起枪一刺,正好刺在那个青年士兵的前胸上。

枪尖已刺透了那个士兵的身体,从后背露出来,那个人两手抓着枪杆,身体扭动挣扎。思克拉王子一松手,他便倒了下去。

特瓦拉王很满意地说:"好!枪法很好!"

夸特曼他们看到这个意外的惨剧,也惊呆了。

八千卫兵没有一个人敢出声。

特瓦拉王又命令说:"把尸体抬走!"

话音刚落,立刻有四个士兵走出来,把那个被刺死的士兵的尸体放在盾上抬走了。

"把脏血弄干净!"蹲在大王脚旁边的那个小猴子说话了。

又来了四个士兵拿了石灰,撒在地上的血迹上,把它盖上了。

亨利男爵看到这样凶残的行为,非常气愤地说:"这家伙太狠了,真是惨无人道!"

夸特曼在旁边小声劝着亨利男爵。他怕亨利男爵在气愤之下会失去理智。

这种残酷的刑罚结束后,特瓦拉王故意很神气地向亨利男爵他们说:"诸位来宾!我不知道你们为什么到这里来,同时我也不知道你们从什么地方来。不过,我衷心表示欢迎!"

能听懂他的话的只有夸特曼和温勃帕,所以夸特曼代表大家说:"谢谢!我们是从星球上乘云彩来到这里观光的。"

"啊!何必从那么远的地方到这个没意思的地方来呢?"

寒暄了以后,特瓦拉王用锐利的目光,看了一眼温勃帕说:"那个人也是从星球来的吗?"

"是的,星球里也有皮肤黑的人,他是我们的仆人。不过我们不愿意叫世上的普通人知道外星球上的秘密,我不愿意再谈到这些问题了。"

夸特曼机智地回避了这一个话题。

"哈!你们不要夸口啊!外星球离这里很远,假使我把你们都杀了,怎么办呢?"奸猾的特瓦拉王显然是在威吓他们。

夸特曼听后,突然大笑起来,其实他心里正紧张得不得了。

"哈!特瓦拉王!不要太性急了,总得考虑一下后果。你可以问问伊哈德、思克拉王子,他们告诉你了没有?你们曾经见过这样的人吗?"夸特曼用手指着古德上校说。

特瓦拉王用他那令人恐惧的一只眼睛,注视着古德上校。

古德上校因为不懂土著人的话,看到特瓦拉王看着他,他为了表示不害怕,故意把戴了那一只单片眼镜的脸皱了皱,然后龇着牙笑了笑。

"嗯!我从来没看见过这种人!"

"我们外星球的人,可以从天上呼出雷来,杀死离得很远的动物!"

"这点倒听说过了。不过,我自己还没有亲眼看见,我不大相信这些话。你要能用你的雷,杀死站在那里的兵让我看看,那我就相信了。"

特瓦拉王疑心很重,用手指着站在前面的卫兵,叫夸特曼去杀,真是没有人性。

"不,我们不杀无罪的人。如果你想看掌心雷,请你拉出一头牛来,我可以当场表演给你看!"

"不成,你如果不杀人,我就不相信。"

特瓦拉王很固执。大概是思克拉王子告诉过他,白人不肯杀人的缘故。

"好!你真是要用人试验,请你自己从这里往前走一百步,在你走一百零一步的时候,我可以一下子就杀死你。假使你自己不愿意,可以叫你的儿子出来!"

夸特曼心里想,若是那个令人讨厌的思克拉王子自己出来试验的话,倒是可以开开杀戒呢!

妖婆盖古尔的预言

思克拉听到夸特曼这些挑战性的话,吓得赶快躲到侍卫的后面去了。特瓦拉王看见自己的儿子那样胆怯,心里很不高兴。同时,又不愿意自己去试验,所以只好命令部下从牛圈里拉出一头牛来试验。

有一个卫兵立刻跑到牛圈去了。

夸特曼小声地向亨利男爵说:"这次你来射击。因为要让他们知道不只是我一个人会用法术。"

"好,由我来射击吧!不过若是射不中,那就糟了。"

"没关系,一枪没射中,你可以接着再射一枪。在牛横着身体,目标比较大的时候开枪好了。"

"试试看吧!我想没有什么问题的。"亨利男爵故意叫温勃帕把那只预备作为礼品的连发枪拿过来。

这时候,从牛圈里跑出了一头猛牛。那头牛看到很多人站在那里,有些害怕,站在那里哞哞叫了几声。

"亨利男爵!现在开始!"亨利男爵很冷静地端起了枪。巨大的枪声震动了整个场上所有人的耳膜。枪弹正击中牛的肋骨,那头牛一下子倒了下去。

特瓦拉王、八千卫兵和在场的侍卫都发出了惊叹的声音。

"特瓦拉王!你看,从外星球来的人不说谎吧!"

"果然不错,我亲眼看到了!"傲慢的特瓦拉王表示佩服。

夸特曼从亨利男爵手里拿过还冒着白烟的枪说:"特瓦拉王!我们不是来和你打仗的。这只枪算作礼物送给你吧!你可以用这个杀死任何东西。可是,不能用它杀没有罪的人。假使用它杀人,这个雷一定会炸到你自己的。请你要小心,慎重地使用它。"

夸特曼说完后,就把枪递给了他。特瓦拉王很高兴,刚想接过来,忽然想到方才那一幕神奇的画面,觉得很怕,不大敢接受。

这时候,蹲在特瓦拉王脚旁边那个像小猴子似的东西,突然站了起来。它拿掉了披在身上的毛皮,在下面露出来的是一个奇丑无比的老太婆。她黄色的皮肤已干枯得成了无数的皱纹,两只眼睛发着凶光,鼻子细尖,嘴已成了一条横纹。整个脸只有刚出生的婴儿那么大,可是充满了邪气。

这个像猴子的老太婆,用留着长指甲的手抓着特瓦拉王,发着令人讨厌的声音说:"大王啊!诸位士兵!库坤纳国的人民!库坤纳国山川草木、日月星辰都要听到,我要告诉你们:恐怖的日子来到了!"

妖婆盖古尔因为年龄太大的关系,已经上气不接下气,最后的语音,已经变成哭号了,使人听了心惊胆战。

"血!血!可怕的血!到处都是血!血流成河!血腥味!地面都被血染红了,血流成河!我活得太久了,我从前也看过一次像这样流血的事,不久我还能再看一次,这多么让人高兴啊!白人要注意!你们知道我活了多大岁数吗?我从前看见过一个白人来到这里。"

夸特曼对亨利男爵、古德上校说:"那个白人是西菲特拉。西菲特拉在三百年前的记录里,也曾提到要杀死妖婆盖古尔。那不会错的,一定就是这个怪物啊。"

看到这些神奇古怪的事情,大家都被吓得愣住了。

妖婆盖古尔仍然还在那里继续不停地说:"特瓦拉大王!库坤纳国的民众啊!我认识你们的祖先。因为我年纪大了!但是那三座山比我年纪还大。修那条大道的、在岩石上雕刻的、在那三座山上挖洞的都是白人。你们要注意!白人将要把你们全部杀死的!啊!我看见流的血了!特瓦拉王啊!你头上那个发光的石头是什么,你穿的盔甲是谁做的,你知道吗?哈!我都晓得。什么事情我都知道!"

妖婆盖古尔说完后,又向亨利男爵他们说:"从外星球来的白人!你们是做什么的?是找行踪不明的人吗?哈!那个人不在这里!来这里的白人只有一个!"

"喂!亨利男爵!她是说西菲特拉到过这里。那么,你弟弟乔治没到这里来啊!"

"嗯!也许没来!"亨利男爵好像很失望。

妖婆盖古尔继续在说:"从前来过的白人,离开这里就死了。你们是来拿发光石头的吗?我都知道!当你们找到发光石头的时候,恐怕你们的血就都要流干了。你们是回去呢?还是要一直留在这里等死呢?"

妖婆盖古尔尖锐的眼光,这次又转到温勃帕的身上去了。

"喂！那个黑色大汉！你是做什么的？啊！我已闻到你身上血脉的气味了。你把腰上的带子解开给我看……"

刚说到这里,妖婆盖古尔的脸突然变色,口里吐出白沫,一下子就倒在特瓦拉王的脚旁边！也许是太兴奋了、话说太多的缘故。

特瓦拉王战战兢兢地站起来摆了摆手,八千卫兵无声无息地、像潮水似的退了下去。妖婆盖古尔被特瓦拉王的侍卫抬到王宫里去了。

不到十分钟的光景,王宫前已经没有卫队了,只有特瓦拉王和五六个侍卫,还有亨利男爵他们四个人。

这时候,特瓦拉王走过来说:"外星球来的客人！魔法师盖古尔的话很叫我担心,我想杀死你们！你们这几个人,将会给库坤纳国带来灾难！"

夸特曼不甘示弱,故意开口大笑着说:"特瓦拉王！说话要小心一点啊！我们不会随随便便被人杀死的,你看见刚才那头牛了吧！你想和那头牛一样吗？"

"什么？你想威胁我吗？"

"不是威胁,事实上,你要杀我们,一定会受到惩罚。若是不信,你可以马上试试看！"

特瓦拉王听了这些话后,低头考虑了半天,才无精打采地说:"好吧,诸位请回去吧。有关诸位的事,明天我再考虑考虑怎么办！"

诅咒的舞会

谁也没有料到,温勃帕的真实身份竟然是库坤纳国的王子。为了推翻残酷的特瓦拉王,帮助这个真正的王子成为国王,大家绞尽脑汁,在最危难的时候,终于想出了妙计。

温勃帕的秘密

夸特曼他们四个人回去的时候,伊哈德老人来送他们。

夸特曼说:"我们有件事情要问你!"

"什么事?"

"特瓦拉王好像非常残忍,没有一点儿仁慈之心!"

"是的,他太残忍了,所以国民非常痛苦。今天晚上你参加舞会的时候就可以看见他是如何残忍。晚上有个检举大会,将有许多人被魔法师拖出去杀掉。

"不管你身份如何,一律逃不出他们的魔掌。许多无罪的百姓,都要被妖婆盖古尔和她手下的魔法师认为有罪而杀死。在月亮落下去以前,真不知道有多少无辜的人要死去! 就连我也没有安全感。我所以能活到现在,是因为我可以领兵作战,受士兵的尊敬和爱戴。库坤纳国的人,没有一个不恨他的!"

"为什么不推翻他呢?"亨利男爵听到夸特曼翻译的话,反问道。

"把他推翻以后,他儿子思克拉王子就要做国王了。那个思克拉王子年纪虽然小,可是他更狠、更毒、更可怕。假使特瓦拉王的哥哥伊茂兹王没有被杀,或者他的儿子伊古诺王子还活着的话,我想这个国家的人民,可能要幸福一些。可惜他们都死了,有国王血统的,只剩下特瓦拉王父子俩了。"伊哈德老人沉痛地说出了他的隐衷。

这时候,突然从屋角传过来一个声音说:"伊哈德!你怎么知道伊古诺王子已经死了?"

大家回头一看,原来是温勃帕。

"你不要胡说,否则会有杀头的危险!"伊哈德老人劝告道。

"不要急,我现在就告诉你一个惊人的消息。在十几年前,伊茂兹王被杀害,王妃领着伊古诺王子逃走的事,你很清楚吧?"

"当然!"

"那么,你认为王妃和王子都死了吗?"

"是的!"

"你错了!王妃和王子都没有死,因为有三个忠贞的侍仆保护着他们越过了沙漠,逃到别的国家去了。"

"你怎么知道?"虽然,伊哈德老人认为那是不可能的。

温勃帕放低了声音,悲伤地说:"他们母子俩住在邻国一个有瀑布的河边小屋里。过了几年,王妃死了,伊古诺也离开那里,在白人的国土上到处流浪,和白人一起生活,也学了许多白人的本领。"

"你怎么知道得这么详细?"伊哈德用充满怀疑的眼光看着温勃帕。

"伊古诺长大之后,母亲才告诉他他的身世,所以他立下志愿,要回到自己的国家,成为真正的国王!终于机会来了!他遇到了要到他祖国去的白人,他参加了他们的队伍,和白人一起越过了炎热的沙漠,翻过了高山,到达了库坤纳国,然后在小河边上和你相见……"

"咿!你疯了吗?"伊哈德老人吃惊地叫了起来。

夸特曼、亨利男爵以及古德上校也觉得非常意外。他们重新端详温勃帕那张与众不同的面孔。

"我究竟是不是疯子,可以拿出一样东西来证明。伊哈德叔父!"

温勃帕说着,就站起来解掉从未离开身的腰带。

"请你仔细看看,这是什么标记!"温勃帕用手指着自己的腰部——正好是系腰带的地方——刺着一条大蛇。在腰和大腿连接的地方,蛇张着嘴咬住了自己的尾巴。

伊哈德吓得有些喘不过气来,他注视着温勃帕身上的刺青。突然,伊哈德跪下来,望了望温勃帕,然后拜了下去。

"真对不起,我一直没有看出来。你的确是我哥哥的儿子,你才是真正的国王伊古诺!"

"我说的没错吧!不过,我现在还不是国王。

"从现在起,我想请叔父和几位白人朋友帮助我。推翻特瓦拉王。这也许像妖婆盖古尔所说的,要流许多的血。特瓦拉王不仅赶走了我父亲,还杀了他,这个仇我一定要报!伊哈德叔父!你愿意协助我推翻特瓦拉王吗?我想知道你的心思。"温勃帕的话充满了热诚和威严。

伊哈德老人低下头来想了一袋烟的工夫,然后站起来走到温勃帕——伊古诺面前,拉着他的手说:"伊古诺呀!我向你宣誓!我一生都忠心追随你!在你还是幼儿的时候,我曾亲手抱过你。现在我虽然老了,但还可以用我的手帮助你打倒敌人!"

"叔父,谢谢你!如果我能得到政权,你将是这个国家最受尊敬的人。我们就是打败了,也不过是一死而已。反正人总要死的,只不过是时间早晚罢了。"

温勃帕的眼里充满了希望。他转过身来,向夸特曼等三个白人说:"我们一起经过千辛万苦才来到这里,诸位肯帮忙吗?假如我获得了胜利,我应该怎样报答诸位呢?诸位是不是希望得到发光的石头?如果需要的话,在成功之后,请诸位随便拿好了。"

他的话还没有说完,亨利男爵就说:"温勃帕!你不能以小人之心,度君子之腹!我们都是正人君子,我们不会为了发光的石头才来帮助你。

"你和我们是同生死、共患难的朋友,很早以前,我就很喜欢你。

像你这样正直的人做了库坤纳国王,人民一定会得到幸福,所以我一定要尽力帮助你。夸特曼!古德上校!你们两位认为怎么样?"

"当然,我支持温勃帕!不过我有一个条件,你要找回来我的裤子,并且准许我穿上才行!"

古德上校好像对不穿裤子这件事,实在无法忍受了。

最后,夸特曼说:"我反对人与人之间的流血斗争,可是我对于朋友绝对忠实。你一向对我们非常忠诚,所以我愿意为你效力!这一次我来参加探险,是为了我的儿子,为了能赚到够他学成医生的学费。假使刚才你说的那种发光的石头我可以拿到的话,我将会不客气地拿的。同时,我们是来找亨利男爵的弟弟的,如果你做了国王,我希望你能帮助我们找。"

"那当然没有问题。伊哈德叔父!请你对着我身上神圣的蛇起誓:在他们以前有白人到这里来过没有?"

"白人?没有,没有!我这是第一次见到他们三位白人。"

亨利男爵听了以后,深深地叹了一口气。

"嗯!我想乔治很难越过那片沙漠和斯里曼山。可怜的乔治!我以为总可以在途中,找到他的尸体。可是……古德、夸特曼!我们的计划完全失败了!既然如此,索性为我们的朋友伊古诺勇敢地战斗,拯救这里的人民吧。"

古德上校看到亨利男爵很失望,故意转变了话题:"温勃帕,不,伊古诺!你要做国王,那太好了。可是,用什么方法实行呢?"

"我离开祖国很久了,所以对祖国的各方面都很生疏。伊哈德叔父有什么办法?"

伊哈德老人把手放在前额上想了一会儿,然后抬起头来说:"今天晚上,特瓦拉王举行舞会,那时候,会由魔法师检举很多人出来,然后残忍地把他们杀掉。

"这次被杀的人的眷属,当然会恨特瓦拉王的残忍,其他的人也会同情那些被杀的人。所以等舞会过了以后,我和几个知心的队长商量一下,如果他们同意,再由他们去转告部下的士兵。不过,为了让他们知道你是真正的伊古诺王,我会偷偷地领他们来见你的。如果能谈妥,到第二天早晨,将有两万军队支持你。舞会完了以后,如果我们还活着的话,再在这里详细地商量!"伊哈德老人不愧为库坤纳国的名将,思路非常清晰,他把作战的程序和情势的发展都说了出来。大家认为有这么一位名将在身旁,真是添了无限的力量。

这时候,国王从王宫派来了几个使者,他们拿来了锁链编的护身甲和很大的斧子。

"这是国王送给外星球来的客人的礼品。"

"谢谢!请转达谢意!"夸特曼接受了国王的礼品。

那是一件用钢铁锁链编成的很精巧的护身甲,和特瓦拉王身上穿的是同样的。

"伊哈德!这种护身甲是由库坤纳国自己制的吗?"

"不是,这是自古以来,王宫里世代流传下来的东西。恐怕是古时候,到库坤纳来的圣贤人所留下的。一共也没有几件,所以只有王族才有。做得非常精巧,国王只送给他最喜欢的人,或者是他最怕的人。你们几位大概使国王心里产生了恐惧,所以才送这几件护身甲来的。"

"正好今天晚上,可以穿着它去参加舞会,一定很有用。"

死亡的舞蹈

天黑了,王宫前面的广场上生了很多篝火。从四面八方传来军队和百姓的脚步声,以及武器相撞的声音。等圆圆的月亮升上来的时候,伊哈德将军派了二十几个部下来做他们的护卫兵。

亨利男爵他们三个人听从伊哈德的劝告,穿上了国王送来的盔甲,然后外面套上了普通的衣服。

护身甲很轻,穿上倒不难受。只是夸特曼和古德上校穿上觉得稍微大了一点,对于身材高大的亨利男爵倒正合适,好像是为他订制的一样。

每个人都在衣裳里藏了一支手枪,手里还拿着国王送的大斧子。他们来到早晨会见国王的地方,看见那里已经聚集了两万多名卫兵和其他的队伍。他们都排列得很整齐,分成许多小队,每队之间都有一条通道,预备给魔法师通过的。这是今天晚上,魔法师寻找牺牲者的时候所走的道路。

"全国的军队都在这里吗?"亨利男爵向伊哈德打听。

"不,这儿仅有三分之一。每年都是三分之一来参加舞会,三分之一在王宫警备,以防意外发生。另外有一万军队保护王宫,其他的分别保卫各村庄。"

"真静啊!"古德上校觉得很奇怪。

伊哈德满面愁容地说:"当然!因为死亡的阴影笼罩在每个人的头上。"

"要杀死很多人吗?"

"是的。"

"我不愿意看那些悲惨的场面。"古德上校撇了撇嘴,身上打了一个寒战。夸特曼和亨利男爵也有同样的感觉。大家都希望能早一些离开这个恐怖的地狱。

夸特曼问:"我们也有危险吗?"

伊哈德用一种很伤感的声音回答说:"那就看魔法师了。不过,也不必太害怕。若是能活过今天晚上,就有办法了。因为大部分的军队都憎恨特瓦拉王的残忍。"

今天晚上是生死存亡的关头,三个人你看着我、我看着你。他们都不是贪生怕死的人,可是,也渐渐地被这种阴森森的气氛压抑得受不住了。

这时,王宫的门开了,特瓦拉王和思克拉王子、盖古尔妖婆领着她手下十二个彪形刽子手出来了。

特瓦拉王坐在为国王设的席位上后,向亨利男爵他们举手打了个招呼说:"欢迎,欢迎。请诸位看看那些做坏事的、对国王不忠的、有隐私的人,怎样受到魔法的审判。盖古尔妖婆!时间不早了,开始吧!"

盖古尔妖婆从国王脚下站了起来,尖声叫道:"审判开始!审判开始!"

广场上一片死寂。突然传来许多脚步声,有很多奇形怪状的东西跑了出来。等到跟前一看,原来是些蓬散着一脑袋白发的老太婆。脸上画着白色和黄色的横纹,背上背着蛇皮和人骨做的装饰品,当她们走起路来时,那些东西就发出奇特的声音。

她们一共有十个人,每人手里拿着一根长长的拐杖。她们走到国王的面前站住了,跪在地上向盖古尔妖婆叩着头说:"老婆婆,全到了!"

盖古尔满意地点了点头说:"来得正好!我教给你们的魔法,没有忘吧?"

"是的!"

"你们在黑暗中,可以看见东西吗?你们可以听见不用舌头说的话吗?你们可以闻出来血腥味吗?你们能依从神的裁判,找出叛逆国王的人吗?"

"老婆婆,我们可以!"

这种奇奇怪怪的谈话,是用一种歌调唱出来的。大概这是在开始举行审判前的例行仪式。

盖古尔妖婆脸上的筋肉抽动了一下说:"好吧!去把那些做坏事的人给我找出来!白皮肤的客人急着要参观,饥饿的野兽们也等不及了。快去吧!"

十个妖婆站起来转过身,一边让她们身上带的蛇皮和人骨发出响声来,一边向军队走了过去。

兵士们感到无限的恐怖。大家全身都在发抖,所以手里拿的枪和盾就碰在一起,发出流水似的声音来。

那些妖婆走到兵士前面五六步的地方,停了下来,跳起了旋转很快的舞,嘴里吐出了白沫,眼角也吊起来了,用一种尖锐的声音叫道:

"我闻到坏人的味道了。"

"要造反的血腥味啊！"

"这里面藏着一个杀死尊长的凶手。哈！"

这些妖婆越转越快，突然一起停了下来，然后摇摇晃晃地就到排列得很整齐的队伍里去了。

两万精锐的士兵，吓得全身不停地发抖。因此，他们手里的盾，不停地发出撞击的声音来。

亨利男爵他们也觉得被一种凶险的空气逼得喘不过气来，身体感到很僵硬。他们按捺住恐惧的心情，注视着那十个妖婆的举动。

"哟！我找到要造反的人了！"

突然，一个妖婆大声叫着，用拐杖在一位士兵的身上敲了一下。站在那个士兵两旁的其他士兵，立刻就把他架了起来，拖到国王面前去了。

那个士兵既不挣扎，也不想逃跑，手脚都缩成了一团，枪掉在地下，眼睛也失去了光彩，好像已经昏迷不醒了。

这时，从特瓦拉王身后走过来两个彪形大汉，每个人都提着一根很粗的木棍。他们是刽子手。

"杀！"

"杀！"

"杀！"

特瓦拉王、盖古尔妖婆、思克拉王子指着那个士兵叫了起来。立刻有一个刽子手举起那根粗粗的棍子打在他的头上，第一个牺牲者的头已被打得脑浆迸射了。

"一个！"特瓦拉王春风满面地喊着。

那十个妖婆继续不断地检举，许多牺牲者接连被送到国王面前。刽子手行刑的速度很快，一转眼工夫，尸体已经有一百多个了。既不允许申诉，更不容辩解。一经十个妖婆的拐杖碰到，就等于被宣判死刑，绝对没人能逃脱。

真是太残忍了!

亨利男爵他们不由得心里充满了正义的愤怒,由夸特曼领先,三个人走到了特瓦拉王面前,要求停止这种惨无人道的行动。

特瓦拉王把他那粗粗的脖子摇了摇说:"国家的法律必须执行。检举出来的,都是些该死的坏东西。他们的死亡,对于库坤纳国是有益处的。"

特瓦拉王回答得非常蛮横。

到了晚上十点半,十个妖婆的检举工作已经完毕。妖婆都集合在一起了,神情非常疲倦,还呼呼地喘着气。

可是,这种惨剧并没有完,蹲在特瓦拉王脚下的盖古尔妖婆这次站起来了,拉着长长的拐杖走到广场上去了,她也像十个妖婆一样地旋转起来。这个活了几百年的老妖怪,驼着背弯着腰,身体好像要折过来一样。但是,不晓得她哪里来的精力,竟能那样急速地旋转,样子令人非常害怕。

这个老妖婆因为太兴奋了,咬着牙,嘴里吐出来很多唾沫,她的眼睛凸凸的,好像要从眼眶里掉出来。

突然她站住了,这回很稳当地向前走去,走到一个威武的军官面前,用拐杖点了那军官一下。从队伍里立刻发出了许多叹息的声音。那个军官是最受士兵们尊敬的一个骁勇的团长。

"一百零三!"杀死了那个团长以后,特瓦拉王很满意地报了一个已被杀死的人的数目。

盖古尔妖婆这次离开了排列着的军官,发出了几声怪叫,就奔向亨利男爵他们这儿来了。

古德上校看到她那种不怀善意的样子,不由得说:"哎呀!不得了了,这回是我们了!"

"安静!"亨利男爵的声音,也有些发颤。

越走越近,盖古尔妖婆的两只眼睛瞪得很大,发着凶光。无疑,她要从外星球来的客人身上找毛病了。

特瓦拉王讽刺的目光，思克拉王子的刻薄冷笑以及全场人的好奇心，都集中在盖古尔妖婆的宣判上了。夸特曼的脸色也有些变了。

盖古尔妖婆走到距离还有五六步远的地方，才停下来，张开了那满是唾沫的嘴，露出了仅剩的两三颗牙，用尖锐的声音喊道："杀死他！杀死他！"

然后用拐杖触了温勃帕一下。

"这个人有可怕的叛逆心！如果不杀死他，马上就可能发生可怕的事情。全国到处都要流血！

"特瓦拉王啊！快点杀死他！"

没有人服从盖古尔妖婆的命令出来拖温勃帕，大家都趑趄不前。

夸特曼很敏捷地站了起来，挡在温勃帕的前面，伸开两只胳臂说："特瓦拉王！这个人是你客人的仆人，是从外星球来的随从。如果叫他流血，就等于是叫我们流血，这绝对不可以。我们要保护他！"

夸特曼庄严地表明了立场，特瓦拉显然有些被震慑住了。但是，仍然不服气地说："魔法师的首领、圣贤中的圣贤盖古尔所检举出来的罪人，是一定要杀死的。"

他觉得虽然外星球来的客人会用魔法很可怕，可是，自己手下有两万精锐士兵，所以不肯示弱。

夸特曼立刻又说："你们如果有人想伤害他，我要叫天上的雷杀死那个动手的人。"

特瓦拉的一只眼睛发着暴虐的光芒，大叫说："捉住他！把他捉住！"

已经杀了一百多人的刽子手，提着血淋淋的棍子走过来了。但是，那些刽子手也很害怕，不敢捉温勃帕，畏畏缩缩地站在半路上。温勃帕举起枪来，准备刺死那先上来捉他的人。

"都躲开！你们不怕外星球上的人发怒吗？你们谁敢碰我们的随从，天上的雷马上会把你们的国王烧死！"

夸特曼一面恐吓着，一面从衣袋里掏出手枪来，对准特瓦拉王的头部。

亨利男爵也拔出枪来,瞄准着刽子手,古德上校的枪口也正对着盖古尔妖婆的脖子。

他们明明白白地表示,一有差错,马上就开火。

特瓦拉王看到那可怕的枪口对着自己,不由自主地打了一个寒战。然后勉勉强强地露出一丝笑容,那是掩饰失败的假笑,但依然维持着原有的威严说:"等一等!诸位客人,先把魔法雷收起来吧!今天是欢迎诸位的日子,还是饶了他吧!可是,我特瓦拉王绝不是怕诸位,只是不愿意扫客人的兴罢了。好了,诸位请回去吧!"

其实,特瓦拉王是满心的不高兴,夸特曼也觉得这次的成功,实在是出乎意料。但是,他仍然故意说:"你说的不错!我们看杀人也看累了。舞会完了没有?"

特瓦拉王气愤地说:"已经完了!"

然后,他站起来命令部下的兵士说:"把那些坏人的死尸拖去喂鹰!各部队解散。"

队伍好像恢复了生气,步伐很整齐地都走开了。

亨利男爵、夸特曼、古德上校和温勃帕,仍由伊哈德将军的部下保护着回到了宿舍,当只剩下他们四个人的时候,大家面面相觑。最受感动的伊古诺说:"谢谢诸位!救命之恩,我将铭刻心中!"说着便流下泪来。

队长的刁难

因为所看到的情景过于残酷,大家都不能安然入睡,不知不觉已经到了深夜。

这时,突然听到一些脚步声,一看屋里进来了六七个人。原来是伊哈德老人领着几个威严而强壮的土著队长来了。

伊哈德说:"从外星球来的客人!库坤纳国的真正国王伊古诺陛下!我已经依照我的诺言,带来几位勇敢的队长。他们每个人手下都有三千名骁勇善战的士兵,我已经把有关你的详细情形告诉了他们。

"现在请你把腰上的刺青给他们看,然后再由你亲自把所有的经过说给他们听,看他们是不是决定要去推翻特瓦拉王。"

温勃帕没有答话,立刻解下了腰带,露出腰上的刺青给队长们鉴定。那几位队长恭恭敬敬地走上前来看过以后,就退到后面去了。

温勃帕很有技巧地说了自己的身世和希望,然后表示需要几位队长的协助。

伊哈德老人补充说:"诸位是愿意帮助伊古诺做库坤纳国的国王,或者是为了特瓦拉王而加以拒绝,完全由诸位自己决定。

"不过,国民都在怨恨特瓦拉王的暴政,人民流血的凄惨情形,诸位已经看得很清楚了。有两位队长,今天晚上已经做了特瓦拉王无辜的牺牲品。诸位若是再迟疑不决,早晚也会有同样的结果!请诸位仔细考虑。"

六个队长不约而同地点了点头。其中有一个年岁较大、身体矮胖、头发已经白了的队长,代表其他的队长说:"伊哈德阁下说得很有道理,我弟弟今天晚上也被杀死了。魔法的诅咒随时可能降临到我们头上来。

"不过,要想推翻特瓦拉王并不简单,为了达到目的,可能要有很多牺牲。所以与其帮助还不知是否是真正正统的国王,还不如服从现在的特瓦拉王来得方便。

"因此,我想请伊古诺阁下显示证据给所有军队和人民看看,证明他确是库坤纳国的正统国王。如果能显出点奇迹,那么,军队和国民必定都会支持我们!"

在紧要关头,土著人的头脑也很聪明。从外地来的人突然表示自己是真正的国王,要求帮助他把原来的国王打倒,这种事情不可以轻易相信,在正常的情形下,是会发生疑问的。

夸特曼觉得这个人说得也有理,但仍然说:"你们不是已经看到刺青了吗?怎么还不相信?"

"只是那个刺青还不太够。因为刺青是从小的时候就有的。我们要知道的是现在神是否还允许他当国王。我们想看看这种证据。"

这的确是个难题。由于他提出这个问题,别的队长也同意他的看法。这么一来,要想获得他们的支持,好像又不容易了。

大家听到夸特曼的翻译后,一向沉着冷静的亨利男爵也皱起眉头。

不过,古德上校好像想到了什么异想天开的奇策似的。他笑嘻嘻地说:"我倒想出来一个好办法!今天是六月三日吧?"

"是的。"因为大家每天都在心里数着过去的日子,所以都记得很清楚。

"那就好办了。诸位看看这个日历!"古德上校拿出一本日历给大家看。

古德上校的妙计

"你看!这上面注明了:'六月四日、格林尼治八时十五分起,全月食,南非地方也可以看得到。'

"夸特曼!你可以告诉各位队长,外星球的神人可以用魔法,在明天夜里把整个月亮藏起来。"

这个计策真是妙极了。土著人非常恐惧大自然的变化,所以这个办法真是对症下药。

不过,如果古德上校的日历错误的话,那么后果将不堪设想。不仅是失去了外星球里来的魔法师的威严,失去了土著人的信任和尊敬,连温勃帕也会丧失当国王的机会,甚至于四条性命都会送掉。

亨利男爵小声地问:"你的日历准吗?"

"当然准确!月食的时间怎么会错呢?而且还特别注明了'在南非可以看见',我想不会错。我再计算一下。"

古德上校利用他当海军时得到的知识,先算出库坤纳国的位置,再计算了月食的时间,然后很得意地说:"这一带,明天晚上十点钟开始月食,一直持续到十一点半。在这一个半钟头里,完全黑暗无光!"

"好!真是天助我们!"亨利男爵也下了决心。因为除此之外,没有其他的办法了。

夸特曼转过身来,向各位队长说:"诸位队长!伊哈德老人!我们不常利用魔法,现在诸位既然要看到一种奇迹才肯支持伊古诺的话,那么,我们就显示一个让全国人民都能看得见的奇迹。请大家都到外面来!"

夸特曼故意装模作样地领着大家到外面去。

夸特曼用手指着高悬在库坤纳国西方的月亮说:"那是什么?"

"那是月亮,不久就会西沉了。"有一个队长说。

"月亮在没有西沉之前,用人的力量能不能把它的亮光遮住呢?"

"不可能,绝对不可能!"每位队长都摇摇头承认做不到。

"明天晚上,我们可以叫月亮失去光明。那就是伊古诺确是库坤纳国国王的证据!怎么样?这样,诸位满意了吗?"

那个老队长笑着说:"如果真能做到这一点,那当然没有疑问了。那时候,我们愿意把整个生命献给伊古诺!"

别的队长也都表示同意地点了点头。

他们看见外星球来的客人答应表演这样奇妙的法力,每个人都觉得十分满意。

伊哈德老人说:"明天晚上,特瓦拉王预备举行晚会,招待诸位外星球来的客人欣赏库坤纳国美丽女郎的舞蹈。

"然后挑选一个最漂亮的女郎,叫思克拉王子把她杀死,去祭祀坐在北方三座山中间的'无言神'。

"假使那时候,诸位客人能使月亮失去了光明,救了那个女孩,全国人民一定都会遵从诸位的指示,效忠伊古诺王。"

那位老队长也肯定地说:"是的!那样的话,军队和人民都会心服口服,支持我们的人也一定会很多。"

伊哈德老人这回小声地说:"离开王宫四公里的地方,有一个月牙形的山冈,我的部下和这几位队长的部下,一共有四个团的人,现在都在那里,明天还可能增加两三个团的人。

"明天晚上,诸位若是真能使月亮失去了光亮,在那段黑暗的时刻,我会把诸位送到那里去。然后我们以那个山冈做根据地,向特瓦拉王宣战!"

"好!我们一言为定!"

夸特曼坚定地说。

伊哈德老人和几个队长向夸特曼鞠了个躬,然后退了出去。

等他们走了以后,温勃帕很紧张地问道:"诸位真能做得到吗?"

古德上校非常自信地说:"的确是可以做到的。"

夸特曼也很肯定地说:"绝对没有问题。温勃帕!放心好了。"

舞 会

第二天是个非常重要的日子。夸特曼他们都忙着擦枪、装子弹。吃晚饭的时候,亨利男爵抬头望了望将要暗下来的天空说:"希望真有月食!"

夸特曼的心情也很沉重,但是故意装作轻松的样子说:"如果没有月食,那就糟了。那些队长立刻会看穿我们不是由外星球来的,只是些普通人,一定会马上向特瓦拉王报告。那时候,我们的脑袋和身体恐怕就要分家了。"

其他几个人听后,都没心情来附和他这种笑话了。

晚上八点半的时候,特瓦拉王的使者来接他们了。

"已经准备好了,我们走吧!"和上次一样,他们每个人都在衣服里面穿着护身甲,拿着枪,尽可能地多带子弹。

王宫前面的广场上,燃烧着许多火堆。

今天没有军队,但有许多女郎一队一队地排列在那里。她们头上都戴着花冠,右手拿着棕榈树叶,左手拿着一大朵白色的百合花。

特瓦拉王已经坐在那里了。盖古尔妖婆蹲在他脚旁,思克拉王子和伊哈德老人站在两旁,他后面还站着许多彪形大汉。

二十几个队长被招待坐在下方的席位上,那几个队长也在被邀请之列。

夸特曼他们走到特瓦拉王面前,先寒暄了几句。特瓦拉王那一只眼睛,狠狠地瞪了温勃帕几下,然后很冷淡地说:"欢迎,欢迎!"

"时间到了!祭神的舞蹈开始!"特瓦拉王向那些站着的女郎们喊了一声。那些戴着花冠的女郎立刻排着队,唱着奇妙的歌,轻轻地摆动着手里的棕榈叶和百合花,跳起舞来。

银色的月光照着那些女郎。她们先是围成一个圆圈跳,突然另换了一首歌曲。这时候,从圆圈里走出一个少女,来到特瓦拉王和客人的面前,用脚尖跳了起来。那个少女跳累了,下去以后,接着又换上另一个。

那些少女一个一个接连不断地跳着。舞跳完了,特瓦拉王说:"夸特曼先生!诸位认为哪个女郎最美?哪个跳得最好?"

夸特曼很率直地回答说:"第一次出来的那个最好!"

他说完了以后,突然想起伊哈德昨天晚上所讲的"最美的少女要被杀死去祭神"的话,心里很后悔。

特瓦拉王听后,觉得很满意:"那个女孩确实最漂亮,跳得也最好,'无言神'见了一定很高兴!"

盖古尔妖婆立刻说:"漂亮的女孩要死去,献给神!"

这种事实在是太残忍,而且也太愚蠢了。昨天晚上大屠杀以后还不够,今天还要杀死这个可怜的少女。亨利男爵他们,不禁对这个国家不幸的国民产生了无限的同情。同时,对残忍无道的特瓦拉王和盖古尔妖婆,涌起了不可抑制的愤怒。

"必须推翻这个暴虐的国王,赶走妖婆盖古尔,支持温勃帕当国王,拯救那些无辜的百姓。"他们三个人不约而同地这样想。

"把那个女孩带过来!思克拉王子,把枪准备好!"特瓦拉王又发号施令了。两个彪形大汉直奔向那个美丽的少女。

这时候,那个少女已经知道自己被选中为祭神的牺牲品了,尖叫了一声,想逃跑。可是,那两个强健的兵士,像老鹰捉小鸡似的,立刻把她捉了回来,拖到特瓦拉王面前。

"你已经被选为祭神的祭品了。这是你的荣幸,你将是'无言神'的新娘了。"

盖古尔妖婆用手指着那个少女。那个少女已经泣不成声,两手发抖。

思克拉王子对于自己的职务,好像感到十分荣耀,摇了摇手里的刺枪,就走到那少女的面前。可怜的少女看到那明晃晃的武器,吓得已经站不稳了。

"你叫什么名字?"盖古尔妖婆走到她面前来发问了。

"魔法老婆婆!请饶恕我吧!我叫萝黛,我从来没有做过一件坏事,为什么要杀我呢?"那个少女苦苦地哀求。

"嘻、嘻、嘻!不要哭,不要哭!你被选作'无言神'的新娘子,应该高兴才对呀!"

"请饶恕我吧!我不配做'无言神'的新娘子,我想活下去,我还年轻。"无论那个少女怎么恳求,冷酷无情的盖古尔和残忍的特瓦拉王始终无动于衷。

心地善良的古德上校实在忍不住了,用手握着枪,瞪着思克拉王子说:"你这小子敢动手,非给你个厉害不可。"

那个美丽的少女看到特瓦拉王和盖古尔妖婆根本不理她,已经感到绝望了。在这最后的关头,她仍四处张望找寻求生的机会。

她那充满悲伤的眼光,恰好碰上了古德上校的视线。她不顾一切地跑了过来,抱住了古德上校的腿说:"外星球来的客人!救救我吧!"

少女哭得很可怜,古德上校对她说:"你不要哭了,你现在等于坐在海军的军舰上那么安全。"

他是用英文说的,少女虽然听不懂,可是好像看出了古德上校的意思,苍白的脸上露出了一丝笑容。

特瓦拉王看到这种情形,心里很不高兴,立刻说:"思克拉王子!快点完成你的任务!"

"遵命!"思克拉王子举起刺枪奔了过来。

亨利男爵看情形十分危险,沉不住气了,小声和夸特曼说:"你快去帮他应付一下吧。他们要正面冲突了。"

夸特曼狠狠地说:"我在等月食呢!已经看了好半天月亮了,怎么连一点变化都没有?"

"已经到了最紧张的时候了。若是错过了这个机会,那个女孩子绝对活不了啦!我看古德上校已经有些泥菩萨过河——自身难保了。"夸特曼抬头望了望天空,皎洁的月亮高高地悬挂在那里,没有丝毫的黑影。夸特曼深深地觉得:成功或是失败都在此一举了。只好硬着头皮,挺身走到古德上校和思克拉王子的中间,说:"特瓦拉王!你不能杀这个少女。

"你若是不饶了她,我们的星球里的神,可就不留情面了。"夸特曼这种大胆的言论,使在场的各位队长、侍卫以及许多少女都感到很惊讶。

特瓦拉气得满脸通红地说:"你说什么,你是不是疯了!你们这些白色狗,胆敢向我说不能杀人!你不想活了,是不是?快给我滚开!喂!来人!把这个白色狗给我绑起来!"

特瓦拉王的一只眼闪着凶光,立刻有一队士兵冲过来,把夸特曼他们包围住。

奇　迹

已经到了生死关头,亨利男爵和伊古诺端起了枪,准备随时开火。

"不要动!你们不能杀那个少女,这是外星球神的命令!你们要是再往前来,我就要灭掉月光,让天地一片漆黑。"夸特曼高声威吓那些士兵。

夸特曼这个大胆的恫吓很有效果。士兵们互相看了看,往后退了两三步。

只有盖古尔妖婆冷笑着说:"嘻、嘻、嘻!你这个白色的大骗子!

"不要上了他的当!人怎么可以灭掉月亮的光。你若是能灭了月亮的光,我可以饶了这个少女一条命。不过,若是灭不了月亮的光,你们这些白色狗都得被杀死!"

已经没有退路了。夸特曼、亨利男爵、古德上校和伊古诺抬起头来,绝望地看着空中的月亮。突然,月亮的四周有了像烟雾似的黑影,逐渐地遮住了月亮。

夸特曼高兴极了,但是故意庄严地说:"请注意!特瓦拉王、盖古尔妖婆、各位队长、全国男女老少!请注意看着月亮!星球里的神已经发火了。月亮的光亮已经灭下去了,世界都要变成黑暗的了。

"啊!我的月亮兄弟!暗下去吧!给那些不信外星球的神、不礼貌的库坤纳国人一个惩罚,叫他们失去月亮的光。"

场上已经鸦雀无声,只有夸特曼在表演他那充满了戏剧性的恫吓。

现在不必再用词句来威吓了,因为每个人都亲眼看到了所发生的奇迹。有许多兵士早已经吓得满脸发青、六神无主,扔下了枪和盾,两手抱在一起,浑身打战。

特瓦拉王也吓得不敢出声,呆呆地站在那里看着月亮。

只有盖古尔妖婆仍然闹个不休地叫道:"等一下就会好了。从前也有过一次,马上会再亮起来。黑影过去,就会好了。不必害怕!"

可是,月亮上面的黑圈不但越来越大,黑色也越来越浓。地上逐渐黑暗下来,现在已经没有任何人讲话了。

广场上燃烧着的火堆,也因为没有人继续加木柴,火焰渐渐地减低,然后一个接着一个熄灭了。全场上的人们,都呆望着天空不敢动。

这时候,月亮的十分之八已经被黑影遮住了。

这种不可名状的恐怖、黑暗、寂静,使思克拉王子实在忍不住了。他好像发狂了似的大叫:"月亮死了!白色魔法师把月亮杀了!"说完他就拿起刺枪,向亨利男爵刺了过去。

"啊!"思克拉王子这个突如其来的动作,使夸特曼和古德上校大吃一惊。

幸亏亨利男爵在衣服下面穿了那副钢链护身甲,挡住了思克拉王子锐利的枪尖。

"不要胡来!"亨利男爵闪过身去,把枪夺了过去。

思克拉王子还不肯罢休,又举起刺枪,还想冲上来。但是亨利男爵的手法来得比他快,用抢过来的刺枪,一下子就刺进他的胸膛。

"啊……"思克拉王子大叫了一声死去了。

特瓦拉王看见自己的儿子当场被刺死,越发的害怕,不顾一切地就逃回王宫去了,侍卫们也背着乱吵乱叫的盖古尔妖婆逃回了王宫,许多少女哭号着逃走了。

广场上只剩下夸特曼他们三个人和伊哈德老人,以及他昨天晚上带来的那几个队长。

"诸位队长!我们已经给大家显示了奇迹,诸位已经亲眼看到了。诸位若是认为已经满意了,就赶快为伊古诺做战斗的准备。"

夸特曼说完,各位队长都很有信心地点了点头。伊哈德老人说:"那么,现在我陪大家到那个山冈上去吧!"

大家手牵着手,走出了那黑洞一般的广场。

冲锋血战

王子伊古诺在王叔伊哈德老人、两万多名勇敢的士兵以及夸特曼等人的支持下与特瓦拉王展开了激烈的战斗。终于邪不压正,他们战胜了特瓦拉。月光下,特瓦拉的头颅被砍了下来。

伊古诺王万岁

月食还没有过去,国王的军队都害怕得不敢出来,所以夸特曼他们很顺利地离开了国都。走了一个多钟头,快到目的地的时候,月食才过去,月亮渐渐地恢复了光亮。皎洁的月亮从最先开始食去的地方,逐渐回复原状,地面上也渐渐明亮起来了。

夸特曼一行人都没有开口,默默地走上山去。

山冈大约有六十米高,上面形成一个马蹄形,山腰十分险峻。山顶上有一片草地,就着光看去,已经有几团兵列队等在那里。等他们到了跟前的时候,士兵们由于刚才看到了外星球来的客人法力的厉害,现在还有点儿害怕。

夸特曼他们庄严地走过去后,伊哈德老人向士兵们介绍王子伊古诺。这时,山上的军队已经有两万多人了。伊哈德老人在皎洁的月光之下,向士兵们说明所有的经过以及要起事的原因。伊哈德老人先讲伊古诺的父亲伊茂兹王对国民是如何宽大爱护,然后又说明了特瓦拉王如何和盖古尔狼狈为奸,杀死了自己的亲哥哥伊茂兹王。也说明了王妃带着伊古诺王子幸运地逃出虎口,越过了斯里曼山和沙漠,到了外国,把王子抚养大的经过。然后介绍伊古诺说:"现在,伊古诺王子和外星球的神人回到库坤纳国来了!诸位!特瓦拉王是如何的残忍,昨天晚上大家已经看到了。外星球的神人看见库坤纳国的人民太痛苦了,所以才帮助伊古诺王回来,协助改善库坤纳国的政务。他们先是救了少女萝黛的命,杀死了恶魔思克拉王子,接着又灭掉了月光。"

两万多士兵听了都大受感动,同时,他们因为已经看到许多奇迹,再也没有人疑心什么了。大家齐声欢呼:伊古诺王万岁!为了向伊古诺王誓忠,他们把刺枪和盾高高地举了起来。

士兵们的欢呼声好像怒吼的海涛一般,冲破了黎明前山野的寂静。

接着,伊古诺向大家演讲。最后他说:"诸位忠心勇敢的库坤纳兵士!你们愿意奉我为王,还是要跟随特瓦拉王?你们可以选择。你们看!我的腰上有'圣蛇'的刺青,这是国王的标记。外星球来的客人也曾实现了对各队长的诺言,灭了天上的月光,来为我作证。"

"是的!我们都看见了,你说的都是真话。"那个年龄较大的队长说。结果全体官兵都追随他说:"是的!我们都看见了,你说的都是事实。"

伊古诺高举双手,挺着胸脯说:"我是库坤纳国的唯一真王!和我并肩作战的人,在国家平定之后必有重赏,并且可以永远不必担心因魔法师检举而被杀,与我共享库坤纳国的兴盛与安详。假如作战不利,我们失败了,我也绝不逃走,和大家同生共死。大家下定决心了吗?"

"我们已经下定决心!我们要追随伊古诺王!"

"我们要与伊古诺王共生死,跟随伊古诺王前进!"

兵士们在那个老队长的带领下,高喊口号。

月亮已经西沉,不久,东方亮了。太阳升起来了!

伊哈德老人指着王宫叫道:"诸位请看!特瓦拉王的军队已经在王宫准备作战了,传令兵正四下奔跑。特瓦拉的大军马上会来攻打这里的。不过,最后的胜利一定是属于受到外星球的神人所保护的伊古诺王!"

"伊古诺王万岁!"老队长一喊,士兵也随着高呼:"伊古诺王万岁!"

惨烈的战争

早晨,伊古诺召集了支持他的各队队长,开会讨论作战计划。并派人去探察敌人的情况。从他们所占据的山冈上,可以看到从全国各处调往王宫去的军队。

特瓦拉王可能很快就要来攻打伊古诺所占据的地盘。

据伊哈德老人的计算,到第二天中午,特瓦拉调来的军队将有四万人。出人意料的是,特瓦拉王那天并没有任何进攻行动。

也许作战之前要有很多准备,需要耽误些时间;可是,主要还是国王的军队,在昨天晚上看到了月食,士气大受影响,必须等到各处的增援部队到齐后才能开战。这样看来,大概到明天下午才会发生战斗。

伊古诺的军队在山冈上也忙着做防卫工程,用石头垒了很多碉堡,各部队的任务也都安排好了。

傍晚时分,从山下来了大约有一排士兵,有一个军官领先,手里高高地举着一片棕榈的叶子。

夸特曼问道:"那是什么?"

伊哈德老将军说:"那是军使,是国王派来的使者。"

夸特曼率领着伊古诺、伊哈德将军和两三个队长,威风凛凛地到山下和军使谈判。

手里拿着棕榈叶子的军官,满脸显出精明强悍的样子,身上披着豹皮。

他看见了夸特曼就说:"我现在向背叛国王的罪人传达国王的旨意!"

"废话少说,有什么事,快说!"

"你听着！特瓦拉王现在已经在黑牛的肩上刺了一刀,然后把流血的牛放到战场上去了。这是宣战的公告！我劝告你们在没有死之前,早些投降！"

幽默成性的夸特曼这时候故意反问道:"原来你是劝我们投降的吗？投降有什么条件呢？"

"特瓦拉王的条件非常宽大！特瓦拉大王说他愿意饶恕你们从前犯的罪。叛逆的军队每十个里杀一个,剩下的可以完全赦免。不过,杀死思克拉王子的白色狗和要夺王位的黑色狗以及身为国王叔叔的伊哈德,一定要用乱棍打死,去祭'无言神'。"

"这是特瓦拉王仁慈的圣旨,你们听懂了没有？"

夸特曼有些好笑,便大声说:"好,我听到了。你现在可以回去告诉特瓦拉,灭掉月光的外星球神人和真正的库坤纳国伊古诺王、亲王伊哈德将军以及忠贞勇敢的将士,现在都集合在山冈上,正准备剿灭特瓦拉。从现在起,在太阳第二次沉下去之前,特瓦拉的尸体,一定会摆在王宫前面！被特瓦拉杀死的伊茂兹王的儿子伊古诺,从那时起,将要统治库坤纳国！你听到了没有？听到了,赶快给我滚！不然！我就要用鞭子抽你了。到了明天,恐怕你们投降都来不及了。"

那个军使也不甘示弱:"没有人会怕你这些恫吓！明天在战场,我倒担心你连逃回外星球的机会都没有了！"

说完连忙领着队伍,飞也似的跑回去了。特瓦拉的军使走后不久,天就黑了。将士们的士气很旺盛,都忙着做战前准备。

打探消息的士兵们匆忙地跑上跑下,哨兵也很严密地戒备,查询口令。

伊哈德老人在第二天一大清早就把夸特曼他们叫醒了。

"起来,起来！敌人已经出发了。"

"迎接战斗！"三个人立刻跳起来,穿上了特瓦拉王给的护身甲,带上机枪、刺枪和盾牌。

司令部设在山冈上。守备在那里的士兵是伊哈德老将军的部下,是库坤纳国有名的精锐部队。因为头上有白色的羽毛做装饰,所以通常叫作"白毛部队",这个部队现在也是伊古诺王的卫队了。

他们排着队在草地上休息,远远地看着从王宫里北上的军队就好像蚂蚁一般。

特瓦拉的军队出了王宫以后,分成三队:第一队向右迂回前进,第二队向左迂回,第三队由正面前进。

"敌人准备从三面进攻我们!"伊哈德老将军识破了敌人的战术,立刻召集各部队队长,面授应战方案。

无论敌人从哪个方向进攻,都不会有漏洞,只需静候敌人上钩。

敌人的三支队伍一直奔向山冈来了。在正面进攻的第二支队伍,走到距离还有五百米的地方就停下了。好像是在等第二、第三队到后,一齐动手。

古德上校在山上的司令部里看到了这种情形,很不耐烦地说:"哼!假如我手里有一挺机关枪的话,用不了二十分钟,就可以把山腰上的那些家伙扫光!"

"喂!夸特曼!这次要看你表演啦!你看,那边有一个队长领头站在那里。你能用枪打到靠近他五米的地方,你的本领就了不得了!"

"什么话!你认为我打不到他吗?"夸特曼有些不高兴,拿起了枪刚一瞄准,敌人的队长正好带了一个兵士,想去侦察前方的情形。

"好!射击!"夸特曼这次把枪放在岩石上面,瞄准后,一扣扳机,轰然一声,子弹射了出去。

因为风向的关系,稍微偏了一点,射中了队长身旁的兵士。

亨利男爵拍手笑着说:"好,真准!嘿!你看,那个队长吓呆了。"

可是,神枪手夸特曼以为这是开他的玩笑,立刻又端起枪来,对准了那个队长。这次一枪就解决了那个队长的性命。

"哎呀!好大的响声!"

"外星球里的魔法真是太厉害了。"

"这是胜利的预兆!"

伊哈德老将军和兵士看得高兴极了,不由得欢呼起来。

敌人的部队看见队长被白人的魔法击死了,顿时乱作一团,纷纷后退。

这时候,亨利男爵和古德上校也开枪了,打死了六七个敌人。

过了些时候,从山右面传来了一阵喊叫声,接着左面的山脚下也传过来了同样的声音。

从正面退下去的部队也和新来的队伍调换了位置,高声唱着雄壮的军歌,冲了过来。

军队距离很远,标枪还掷不到,所以夸特曼和亨利男爵、古德上校、伊古诺就用猎枪射击敌人,杀死了很多敌人。不过敌人的人数太多了,四支猎枪的射击仍然阻止不了敌人的前进。敌人不停地叫喊,一支已攻到伊古诺军的第一道防线了。

伊古诺的部队虽然比特瓦拉的军队少,但是占了地利,所以采取了防御战术,先计划消耗敌人的兵力。

第一道防线设在半山腰,第二道防线设在第一道防线的后方五十米的地方,第三道防线设在山顶上。

到达了第一道防线的敌人先锋部队大声叫喊着,随后就掷来标枪,刺杀守兵。防线上的守兵也掷了标枪过去,双方标枪的枪尖,在阳光的照射下,好像大群蝗虫在那里飞来飞去。战斗非常激烈,两方的兵士都伤亡惨重。

特瓦拉部队的人数多,当然占了优势,第一道防线的守兵,一步一步地被逼退到第二道防线去了。

等退到第二道防线时,他们再和第二道防线的守兵会合在一起和敌人作战。第二道防线的战斗情形,比第一道防线还要激烈。

双方死亡不计其数,可是双方的士兵都互不相让,脚踏着死尸,满身的鲜血,仍猛力向前砍杀。库坤纳国的兵士的确是勇敢善战,他们好像不知道有死亡和伤残。第二道防线也阻挡不住敌人的进攻,所以他们一面厮杀着,一面退到了第三道防线。等在山顶上的白毛部队,看到时机已经到了,立刻冲了出来,参加厮杀。

敌人虽然人多势众,但是从山底下杀到山上来,已经是筋疲力尽,而且伤亡很多,到了此时,再也冲不过去了。

可是,双方仍然杀得难分难解,不分胜败。亨利男爵手里拿着大斧,兴奋地看着双方作战的情况。后来他实在忍不住了,就说:"古德!走,我们也上阵吧!"立刻就参加了作战。

过了不久,守军逐渐得势了。特瓦拉军一步一步地退了下去。

这时候,来了一个传令兵报告说:"左方的敌人退了!"

伊古诺和夸特曼,还有伊哈德老人等这时才松了口气。但是好景不长,右方的守军作战不利,已经被敌人逼到司令部附近来了。

"预备队参加战斗!"伊古诺亲自率领,一路向右方杀了过去。夸特曼也跟着跑了过去。战斗已经到了白热化的程度,双方已经短兵相接了。

夸特曼杀得非常勇猛,一过去就杀死了两三个敌人,等再赶过去的时候,正好遇见一个敌人的军官,口里一面喊着,一面就用长枪刺了过来。夸特曼把身子往下一蹲,然后拔出手枪来,一下就解决了敌军官的性命。

但是,另外一个敌人在他背上痛击了一下,夸特曼被打得昏了过去。夸特曼不知昏过去多长时间,等醒过来的时候,看见古德上校拿了一瓢水,正站在他的旁边:"怎么样?好些了吗?"

"没有什么关系!"夸特曼说着站了起来。

古德上校说:"看见你倒在那里,我认为你已经不行了。"

"战局怎么样了?"夸特曼很担心战局的进展。

"已经把敌人赶走了。不过,士兵伤亡很多,我们自己这方面就死了两千多人。敌人死了有三千多人。你看……"

古德上校手指着那堆积成山的死尸说。果然从山顶到半山腰,到处都是尸体,另外还有许多伤兵。伤势比较重的,用盾抬到后方去医治,伤重不能医治的,土著人军医就用刀子把动脉割开,放出血来叫他早些死去,免得多受痛苦。

这时,亨利男爵和伊古诺、伊哈德老人,还有三个队长一起来了,每个人都溅了满身的血。

亨利男爵看见夸特曼就问:"夸特曼!上校原来也在这里啊。现在情形很严重!我们虽然把敌人打退了,可是特瓦拉这次调动了全国的军队,包围山冈,计划长期作战,使我们发生粮荒。"

"这可真是麻烦了!"

"伊哈德说山上的泉水不够喝了。"

"泉水真是快干了,到今天下午,我们就要没有水喝了。特瓦拉现在想利用持久战来打击我们。"伊哈德老人对眼前的处境很忧虑。

"这可怎么办?"夸特曼想不出好办法,十分焦急。

伊哈德说:"刚才我们也商量过,现在有三条路可走。第一条是我们守在这里不动,到饿死为止;第二条是我们冲下山去,杀开一条血路,逃到北方去;第三条是我们直冲到特瓦拉的阵地里,消灭了他们。亨利男爵赞成第三个办法,你有什么意见吗?伊古诺王想要知道你的意见。"

夸特曼看了看古德上校,大家不约而同地都赞成亨利男爵所选的第三个办法,认为应该一战而决胜负。"第三个办法好。既然水不够用,那就要早一点去攻打特瓦拉王的根据地。否则士气一低落,万一有人叛变通敌,那可就糟了。"

静静地听着大家议论的伊古诺,稳重地抬起头说:"勇敢的白人勇士!伊哈德王叔!诸位队长!我已下了决心,我们应该攻击特瓦拉的根据地,一决胜负。我们的生死,都寄托在这一场战斗上了。"

夸特曼表示同意。

伊古诺王点了点头说:"那么,我向大家报告一下这次作战的计划!现在是中午,刚刚从战场上退下来的兵士们都很累,先叫他们吃些东西,好好地休息一下。等太阳偏西的时候,我们再开始行动。

"伊哈德王叔!你带着白毛部队和另外一团兵,去攻击特瓦拉的王宫。特瓦拉一定会调动所有的军队来应战,可是这条路是平原中间的洼地,地形很窄,所以每次只能容纳一团人作战。请你利用这个地势,连续地攻击他们。

"敌人现在都怕亨利男爵,请亨利男爵拿着大斧子和伊哈德王叔在一起。先声夺人,敌人一看,在心理上必受到打击。我自己带领第二团,请夸特曼先生和我一起在第二团作战。"

伊哈德老将军知道自己的任务太重要了,同时,他也想到他的部队可能要全军覆没。但他却泰然自若地说:"遵命!"

伊古诺王接着说:"我们还有三分之二的部队,一半从右侧,偷偷地下山去,突击敌人,给敌人来个措手不及。另外一半部队,从左侧下山,迂回到敌人的侧面,然后迅速发动进攻,使正面的敌人发生骚乱。到了那时候,我再冲出去接应。如果运气好的话,到了晚间,我们就能解决了特瓦拉,占领王宫。古德先生,请你参加右侧的作战部队。你的眼镜和牙齿,我想一定可以振奋兵士们的士气。"

古德上校苦笑着说:"好!照办!照办!"

部队开始各项准备,到了傍晚,部队分成三个军,各部队也都接到了作战的详细计划和命令。

山上只留下少数的兵士和军医看护伤兵,其他一万八千名兵士,都全副武装等待出发的命令。

在出发前,古德上校特意从右侧的部队赶到中央部队来,见到了他的两位同生死、共患难的朋友亨利男爵和夸特曼说:"再见!我在右方作战,也许我们再也见不到了,所以我想和你们做一次最后握手。"

六只手紧紧地握在一起,大家心里都有无限的感触。兵士们看到了,也都受到极大的鼓舞。

亨利男爵沉着地说:"命运实在不可思议。我想,我自己也许看不到明天的阳光了。我们部队的任务是吸引敌人的全部注意力,好使左右两侧的部队完成偷袭,所以很可能全部都要牺牲,我已经下了必死的决心。夸特曼,我很抱歉!因为我邀你来,没想到会有这样的遭遇,求神保佑你,希望你能活着得到所罗门王的钻石!"

大家认为没有再见面的机会了,都有一种难以表达的感慨。

最后的决斗

时间过了不久,就传来了出发的命令。左右两侧作战的部队,为了避免被敌人发现,必须先到后山再转过来,所以就先出发了。

等过了一个半钟头,预计他们已经到达预定地点的时候,伊哈德老将军的白毛部队和伊古诺王的第二部队也开始往山下走去。

伊古诺率领的那支队伍,是库坤纳最精锐的部队。因为他们用水牛的尾巴做标记,所以又称为水牛部队。

白毛部队和水牛部队在今天上午都是预备队,所以并没有参加激烈的战斗,部队受到的伤亡很轻微,士气也很旺盛。

伊哈德老将军在行军的时候,为了鼓舞士气,一面走一面训话:"我们的部队这次要和敌人的大部队正面作战。我们是前锋,我们的部队里有一位消灭月光的神人。我们一定可以得到最后的胜利。国王已经说过了,我们若是战胜了敌人,大家都一定可以得到奖赏,并且可以升官。"

部队的兵士们听到了,都非常高兴。不过他们也都知道,他们这个部队是要做出牺牲的。他们不但不怕,反而觉得是一项光荣的任务。

亨利男爵看着那些精锐的白毛部队,想到他们在一小时之后就要被牺牲掉,心里很难过。

伊哈德老人又继续说:"我们是军队,为国王去作战是我们的本分。贪生怕死的是懦夫,将永远被人耻笑。诸位!来!和我一起欢呼国王万岁!"

全部队欢呼万岁的声音立刻响彻云霄。

欢呼声一直传到了水牛部队。所以水牛部队也高呼伊古诺王万岁。结果,漫山遍野响起了国王万岁的声音。

伊古诺王听到欢呼声,非常兴奋。因为就算是罗马的皇帝,也没有受到赴战场的兵士们这样从心里喊出万岁的欢呼声。伊古诺王举起手里的斧子作为回答!

部队的兵士个个勇气百倍,精神振奋,按着预定的计划奔向敌人。雄壮的喊声惊动了特瓦拉的军队,他们的注意力完全集中到白毛部队和水牛部队的行动上去了。特瓦拉的军队根本就没有注意到左、右两侧来的奇袭部队。特瓦拉为了阻止这股劲旅的攻势,把军队都调到了从山脚到达王宫那个方向的正面。但是,山冈的正面草原中央是片洼地,最宽也不过两百米,窄的地方仅仅五十米。这样窄的地方,部队无法一起行动。

据侦察兵报告,特瓦拉从全国各地调动来的兵有四万多,都集中在那里。

白毛部队要和这么多的军队决一死战,牺牲自己帮助奇袭部队成功,这确实是壮举!全部队排成了三列纵队举着枪,拿着盾牌,一步一步地接近了敌人。

这时,特瓦拉部队的最前头,突然冲出来一个大汉,头上戴着黑色的鸵鸟毛,身体十分魁梧,左右两侧站着很多军官,大概是特瓦拉自己出马了。他好像下了什么命令,敌人的前锋部队立刻冲了过来。

生死之争

白毛部队仍是按兵不动,直等敌人逼近到前方四十米处,伊哈德老将军才发令:"射击!"

许多标枪飞了出去,不过距离很近,双方已经像海潮似的涌在一起,厮杀成一团。刺枪和盾牌相撞的声音,好像响雷一样,刀光闪闪。

特瓦拉的第一线部队,差不多已经全军覆没了。白毛部队的三列纵队,也只剩下两队,伤亡了三分之二的部队,还得和新攻上来的敌人作战。亨利男爵站在部队的最前头,舞动着手里的大斧子,努力砍杀敌人。

白毛部队和第二次攻上来的特瓦拉的士兵,厮杀得非常激烈。不过敌人这次都是年轻的生力军,白毛部队中有很多兵士年龄已经超过了四十,所以这次的厮杀,他们渐渐觉得有些力不从心。幸亏他们都训练有素,再加上战斗经验丰富,总算能以寡敌众。经过几番血战,特瓦拉的第二军又遗弃了许多尸体,败下阵去。

　　白毛部队终于获得了胜利!但是伤亡很多,人数已经不够一个团了。这支有三千精锐兵士的队伍,现在只剩下六百人了。

　　不过,他们的士气并没有低落,手里仍然紧紧握着枪,静静地等着和第三次攻上来的敌人厮杀。不仅如此,他们看见敌人向后退却,这六百名白毛部队,反倒前进了一百米,占领了一个高冈,利用那个高冈来阻击敌人。

　　亨利男爵和伊哈德老将军这时仍然在部队里十分活跃。夸特曼和伊古诺看见了,都非常高兴。

　　"亨利男爵还活着呢!"

　　"伊哈德王叔精神也很好!"

　　两个人不由得满面笑容。但是,敌人的第三次攻击又开始了。

　　夸特曼忍不住地说:"伊古诺!白毛部队已经很危险了,我们为什么还等在这里呢?"

　　"我们要马上发动攻势,前进!"

　　伊古诺的大斧子高高地举起来,勇敢的水牛部队像潮水般冲了过去。双方的主力部队交手了。

　　伊古诺和夸特曼非常勇敢;伊哈德老将军也沉着冷静,在双方激战之中,他好像一个阅兵式的指挥官,稳健地下达命令、调动部队,鼓励兵士们作战。

　　亨利男爵的勇气也足以和伊哈德老人媲美,他总是找战斗最激烈的地方去厮杀。他手中的大斧子,杀死了无数敌人,头上戴的黑鸵鸟毛也被敌人砍飞了。他披散着金黄色的长发,手里握着枪和斧子,身上溅得都是鲜血。

这时候,从敌人的部队里忽然走出了一个彪形大汉,原来是特瓦拉。

全军覆没

特瓦拉王亲自出马了。他身上穿着钢链编的护身甲,手里握着大斧头和盾牌,直向亨利男爵这边奔来。

"喂!杀死我儿子的白狗!你也能杀死我吗?"说着,便举起斧头,向亨利男爵砍了过去。亨利男爵敏捷地用盾牌架住了。

两个人怒目相视,特瓦拉王的眼里燃烧着仇恨的怒火。两个人刚要再次交手的时候,突然特瓦拉的军队混乱起来,开始向后退却了。

原来,在洼地的左右两侧,伊古诺预先安排好的部队向敌人进攻了。这实在是特瓦拉的军队所没想到的。特瓦拉的军队现在完全中了伊古诺的计策。他们只集中全力去和白毛、水牛两个部队作战,根本没有注意到侧面会受攻击。特瓦拉连忙退下阵去,他和亨利男爵的决斗也就此告一段落。

不到五分钟,特瓦拉的部队像退潮的海水一样退了下去。伊古诺的队伍乘胜追击。敌人完全退了以后,伊古诺立刻把部队集中起来。

这次战斗空前激烈,尸体遍地皆是,草地都被染红了。白毛部队只剩下九十三个人。

伊哈德老将军对这些兵士说:"弟兄们!你们给白毛部队增加了光荣,今天的功绩必将永远载入史册。"

伊哈德老将军又对亨利男爵说:"像你这样勇敢的人,我这一生中还是第一次见到。你真是位了不起的英雄!"

亨利男爵默默无言地笑了一下,那意思好像是说:你也是位难得的名将啊!这时候,从水牛部队来了一个传令兵,是伊古诺派来的。

"现在要进攻王宫,请两位一起来!"伊哈德老将军和亨利男爵站了起来,随着传令兵到了水牛部队,和夸特曼、伊古诺一起向王宫进军。

路上，大家看见古德上校正坐在草地上。

"啊！古德！你受伤了吗？"夸特曼和亨利男爵连忙跑到他跟前，只见古德脸色苍白，还戴着那副单片眼镜。他有气无力地笑着说：

"真高兴还能见到你们。我告诉你们，这只枪真好……"说着就倒在草地上。

"怎么了？"亨利男爵和夸特曼、伊古诺连忙把他扶了起来，一看，原来他的脚受了重伤，流了很多血。

伊古诺立刻吩咐几个士兵，把古德上校放在盾牌上抬着，缓缓地前进，免得晃动增加他的痛苦。

特瓦拉王的挣扎

在国都的外面，有好几团特瓦拉的兵士排着队，等伊古诺走过来的时候，几个团长立刻走上前来，表示愿意投降，伊古诺宽大地应允了。那几团兵士就立刻倒戈向特瓦拉王的王宫前进。

沿路上，投降的兵士不计其数，国民们也在门前高呼："伊古诺王万岁！"

伊古诺挥了挥手向民众致意，不大一会儿，就到了王宫前面的广场。

在王宫前面，特瓦拉王带着盖古尔妖婆沮丧地站在那里。他拿着斧头和盾牌，和盖古尔正坐在王宫前面，那样子和从前耀武扬威的特瓦拉王迥然不同。他的数万部队和众多王妃，都不愿意和他共生死，这样的下场也真够让人可怜的。

伊古诺命令部队停止前进，然后和夸特曼他们一起走到特瓦拉王跟前。

盖古尔仍然用她那尖锐的嗓子高声大骂。特瓦拉王的眼里则充满了愤怒，他对伊古诺说："国王！恭喜你。你拉拢了来路不明的白狗，使用魔法，让神圣的库坤纳国发生流血惨事，抢夺你叔叔的王位。你称心如意了吧？现在你要怎么对付我呢？"

"我要使你遭遇和父王伊茂兹同样的命运!"伊古诺庄严地回答。

"好吧!我现在告诉你,库坤纳的国王是怎么死的,下次就该轮到你了。希望你能很勇敢地在决斗中死去。你若是拒绝我这个要求,你将永远被国人耻笑。"

库坤纳国的习惯:受死刑的国王,可以随意挑选一个人来决斗,到死为止,这是对国王的一种恩典。伊古诺王无意拒绝特瓦拉的要求:"可以,你可以挑选任何一个人。可惜按照规定,我不能做你的对手。因为,国王在战场以外,不能和任何人打斗。现在,你想和什么人打斗?"

"他!"特瓦拉那只发着凶光的眼睛,瞪着站在伊古诺身后的亨利男爵,脸上立刻露出了一丝惨笑,然后说:"嗯!那条白狗!现在我们来把白天那段还没有打完的仗,做一个了结吧!来吧!"

他的笑声消失在黑暗中。

伊古诺连忙阻止说:"不可以,你不可以和他决斗!"

"怕了吗?"特瓦拉王露出了恶意的嘲笑。他这句话被已经略通土著语的亨利男爵听到了,不由得气得满脸通红。

"我和他决斗好了。你以为我怕你吗?"

可是,夸特曼却握住了亨利男爵的手说:"算了。你今天的表现大家都看到了,没有人会说你怕他的。"

"你不要拦我,我不准任何一个活在世上的人说我是懦夫。我一定要和他决斗。"

亨利男爵很激动,好像白天的兴奋还没消散:"起来!开始吧!"

伊古诺王知道已经拦不住他,就把亨利男爵的话翻译给特瓦拉听:"嗯!特瓦拉!这位客人答应你的要求,他愿意与你决斗。"

"哈!这很有趣。儿了,爹现在要给你报仇了。"特瓦拉脸上露出了狰狞的笑容,拿着斧头和盾牌就站了起来。

亨利男爵也拿了大斧子和盾牌,等待着。月亮把王宫前面的广场照得分外明亮,杀气笼罩着整个广场。

伊古诺、夸特曼、伊哈德老将军都替亨利男爵担心。只有亨利男爵的知己好友古德上校,这时反倒昏昏地睡着了,并不知道他这位老友的危险。

特瓦拉和亨利男爵拿了大斧子和盾牌,互相寻找着对方的空子。

突然,亨利男爵跳起身来,当头给了特瓦拉王一斧子。特瓦拉向旁边一闪,亨利男爵劈了一个空,因为他用力过猛,身体立刻有些站不稳。

特瓦拉当然不会错过这个机会,他的斧头带着风声,向亨利男爵的头上砍了下去,夸特曼脊背上不觉冒出了冷汗。但是亨利男爵也不示弱,敏捷地举起左手的盾牌,挡住了这一斧。不过因为砍下来的力量很大,盾牌被砍飞了一块,真是危险极了。

双方砍杀得昏天黑地,互不相让,都想把对方置于死地。伊哈德老将军和他的部下都来参观这场决斗,大家把这两个人团团围住了。

古德上校这时也醒来了,他忍着脚伤的痛苦,站了起来,拉着夸特曼的手大叫:"对!再砍!砍得好,哎呀!危险!"

特瓦拉受到亨利男爵猛力的砍杀,盾牌已经被砍碎了。护身甲也裂开了,肩已经被砍破,血不停地往外淌。

"噢……"受伤的特瓦拉越发愤怒了,拼命反攻。因为他砍的力量太大,亨利男爵斧子的把儿裂开了,斧头也掉在了地上。

"危险!"夸特曼看见亨利男爵喷出来不少的鲜血,大吃一惊。

这时特瓦拉已经占了上风,自然要加紧砍杀。但是亨利男爵已经手无寸铁,眼看就要遭受毒手。想不到亨利男爵突然跳过去,抱着特瓦拉摔起跤来。

只听到特瓦拉大叫一声,两个人就滚作一团了。特瓦拉的力气很大,很快就把亨利男爵按在了下面。

可是,亨利男爵很快就把他推开了。双方几次翻上滚下,打得难分难解。特瓦拉想用斧头砍亨利男爵,亨利男爵想拔出腰上插着的匕首来杀特瓦拉,但都一直没有机会。

"亨利!抢他的斧头!"古德上校提高了嗓子大叫。

亨利男爵也许听到了这句话,他立刻伸出手去抢特瓦拉的斧头。特瓦拉没有提防这一手,斧头竟被亨利男爵给抢了过去。

亨利男爵抢过斧头,立刻跳了起来。特瓦拉刚要站起来,亨利男爵的斧头已经砍过去了。这一斧砍个正着,只见斧刃在月光下一闪,特瓦拉的头颅已从肩上滚落在地上了。站在旁边观战的人们,不由自主地欢呼起来。

特瓦拉没有头的尸体,仍在那里站着,过了好久才倒了下去。他脖子上挂着的那些黄金装饰,散落了一地,在月光的照射下发出异样的光芒。

亨利男爵这时候也扔下了斧头,摇摇摆摆地一下子就跌倒在特瓦拉的尸体上了。

夸特曼立刻跑过去,把亨利男爵扶了起来。古德上校也瘸着脚,跳了过去。

"水!快拿水来!"夸特曼连忙说。

一个士兵急急忙忙地跑到特瓦拉的王宫里,舀了一大碗冷水来。

夸特曼把冷水泼在亨利男爵的脸上后和古德上校大声叫着亨利男爵的名字。过了一会儿,亨利男爵终于睁开了眼睛。

凯　歌

此时,月亮显得更加皎洁而妩媚。伊哈德老将军安详地走到特瓦拉的尸首旁跪了下去。

他从特瓦拉的身上,拿下一颗没有磨过的钻石,双手捧到伊古诺面前说:"这是库坤纳国王佩带的徽记!现在,它属于您了。"

伊古诺接过钻石,无限感慨,立刻把它绑在前额上,然后,脚踩着特瓦拉的胸脯,高声歌唱起来。歌词大意是:

我已经杀死了敌人,登上了王位。现在,战争已经结束了。在这个国家里,人民将享受安宁与和平……

新国王吩咐部下把亨利男爵和古德上校抬到王宫去休息。夸特曼的身体是常年打猎锻炼出来的,所以疲倦很容易就恢复,伤也好得很快。亨利男爵和古德上校两人的伤都很重。

阵亡兵士的家属,整整哭了一夜。盖古尔妖婆的叫声忽高忽低,奇声怪调,令人毛骨悚然。她这是为特瓦拉哭嚎,这个老妖婆倒哭得怪可怜的。

亨利男爵和古德上校一连养了好几天的伤。夸特曼和美丽的少女萝黛一直守在他们旁边。伊古诺王和伊哈德老将军每天都来看他们。

库坤纳国在伊古诺王的统治下,秩序一天比一天好转。人民对新国王打心眼里尊敬,军队也诚心效忠。凡有战功的人,都得到赏赐,曾经参加敌人队伍的,也已经赦免了,大家一致称赞新国王的恩德。

伊古诺注视着夸特曼说:"这都是你的力量!现在国内已经太平了。两个礼拜以后,我预备举行登基大典,希望诸位到那时能恢复健康,做库坤纳的国宾,来参加典礼。"

"荣幸之至!请问盖古尔妖婆将怎么处置呢?"夸特曼好像很关心这件事。

"她做了很多的坏事。若把她留下来,不知还会出什么怪象,我预备连她的徒弟一起都杀死。"

伊古诺王受了文明社会的熏陶,不迷信,所以要把库坤纳国的魔法师完全杀掉,斩草除根。

夸特曼考虑了好久才说:"那个老妖婆活了很久,知道的事情也一定很多。"

伊古诺王立刻明白了夸特曼的意思。"是的,'无言神'的秘密、北方三座山的秘密,还有山洞里的秘密,目前只有她知道。"

"听说那里有发光的石头。"

"以前你对于发光石头的诺言,现在还记得吗?"

"啊!记得,记得!"伊古诺王微笑着说。

所罗门宝藏

两个星期之后,伊古诺举行了王位登基典礼,夸特曼等人列席参加了盛典。在伊古诺王的强迫下,老妖婆盖古尔勉强为夸特曼等人带路,到那个神秘的山洞去探险。正当他们被闪闪发光的钻石吸引时,老妖婆盖古尔却按下了石门,把他们关在了黑洞里。

宝藏探险的计划

两个星期之后,亨利男爵和古德上校的伤已经彻底好了。伊古诺王举行登基典礼时,他们都以国宾的身份列席。

在举行典礼的时候,最惹人注目的是白毛部队的勇士。他们排在全国军队的最前面,伊古诺王极力赞扬他们的功勋,赏给了他们很多牲畜,每个人都晋级升官,选出新组织的白毛部队的首领。同时也宣布:从外星球来的三位客人,享受和国王同等的待遇。

在国王登基典礼的第二天,夸特曼和亨利男爵、古德上校三个人前往王宫做客,并且表示:"我们想到所罗门大道北方的三座山的山洞里去探险。"

同时还问道:"关于那三座山的秘密,有没有什么消息?"

伊古诺王笑着说:"有的。第一个是:所谓'无言神'那三个巨大的神像,是矿山的守护神。那里有一个山洞,历代国王的遗体都埋在那里。在这个山洞里,还有一个深坑,这个坑在盖古尔妖婆尚未出生之前,就已经挖好了,这也许是所罗门王采钻石的地方。

"不过,到那里去的路,只有历代的国王和盖古尔妖婆知道。现在特瓦拉已经死去,所以只有盖古尔妖婆知道这个秘密。

"听说很早以前,曾经有一个白人到这里来,由一个土著妇女做向导,到了秘密坑里,看到很多发光的石头和珠宝。但是,在他想要拿的时候,被那个土著妇女欺骗了,任何东西都没有拿到,就被国王赶到南方的山上去了。后来就没有白人再到那深穴里去过。"

"是真的。我们在山洞里看见过一具死尸,我拿的这份用血写的记录里,也曾经提到盖古尔。"

"我们都看见了。我也曾经和诸位约定,若是诸位能够到那里去,那个深穴里又还有宝石的话,请诸位尽量地拿好了。"

古德上校说:"不过,恐怕很难找到那个洞穴!"

伊古诺王接着说:"能领诸位到那里去的只有盖古尔妖婆。三百年前,她曾领西菲特拉去过。"

"盖古尔很恨我们,她若是拒绝做向导怎么办?"

"她如果拒绝的话,我立刻就杀死她!本来就是为了叫她给诸位领路,才留下她的一条老命。卫兵,把老妖婆叫来。"

危险的向导

过了一会儿,盖古尔妖婆便由两个侍卫架了进来。她嘴里还在不停地叫骂。

伊古诺王说:"把她放在那里吧!"

侍卫听到了国王的命令,就把她扔在那里,走了出去。在特瓦拉王时代,使人民恐惧的盖古尔妖婆,现在落魄了,所以侍卫们对她也毫不客气。老妖婆弯着腰,蹲在地上,看着国王说:"国王怎么想起来找我呢?嘻、嘻、嘻……"

话里含着讽刺。接着又高声地叫道,"伊古诺!你要敢碰我,你就会没命的。嘻!谁要是想害我,谁就得小心我的魔法。"

"少说废话!你连特瓦拉都救不了,还能对我怎么样呢?"伊古诺王根本不理盖古尔那一套,说,"盖古尔!我告诉你,今天叫你来,是叫你说出发光石头的秘密!"

"嘻、嘻、嘻……这个秘密只有我一个人知道,可是我绝不告诉你们,我要让你们这些白皮肤的家伙空着手回去!"

盖古尔一听到要问她发光石头的秘密,又立刻神气起来。

伊古诺王有些发怒了,说:"我一定能够叫你说出来,你要不说,我就撕烂你的嘴巴!"

"嘻、嘻、嘻……我知道,你是经过杀人流血才当上国王,很伟大。不过要叫我讲出那些秘密,可不容易啊。"

"是吗?你若是不讲,我就给你上刑,活活地把你折磨死。"

盖古尔妖婆好像看出来了伊古诺王认真的态度,又怕又恨,浑身发抖地说:"伊古诺!你不能伤害我。你知道我是什么人?你知道我多大岁数了吗?

"我认识你的父亲、你的祖父、你的曾祖父。库坤纳国创立不久后,我就住在这里,我希望一直活到库坤纳国衰落的时候。我命里注定不会被人杀死,所以,伊古诺!你要小心我的魔法啊!"

"胡说。我是国王,我随时可以杀掉你。你活了那么大的岁数,还有什么乐趣?你身体的形状和脸形,不要说是女人,就连人的样子都没有了,简直像只猴子。要想杀你,我可以不费吹灰之力!"

"哼!小伙子,你认为只是年轻人活着有意思吗?在暖和的太阳下呼吸着新鲜空气,是最开心的事,这些你懂吗?"这是盖古尔的真心话。她看到伊古诺王毫不畏惧她的魔法,心里有些发慌了。

"用不着讲些不相干的话,你到底讲不讲出有发光石头地穴的秘密?"

"我才不讲呢!你敢杀死我吗?你如果杀了我,立刻有雷来击你。"

"你既然不讲,再让你活下去,也没有意义了。现在我亲手来杀你,随便有什么雷来击我好了。"

伊古诺王对于盖古尔的恫吓毫不在乎，伸手把刺枪拿过来，就向蹲在地上像一团乱布似的盖古尔刺了一下。

盖古尔立刻大叫一声，跳了起来，然后又倒在地上了。

"哎呀！痛死了！伊古诺王！请您饶命！我讲，我讲！我一定详详细细地讲出来，请您不要杀我，让我每天晒晒太阳、吃块肉就行了。"

"你要听从命令，就饶你一命。你明天领伊哈德王叔和外星球来的客人到地穴去。不要走错了路！如果走错了路，我就活活地打死你！"

"绝不会走错的，我一向守信用。嘻、嘻、嘻，从前有一个女人，曾经领一个白人到了那里。后来灾害可就落在那白人身上了。那个女人名字叫盖古尔！也许就是我！"盖古尔妖婆嘟嘟哝哝地说个不休。

伊古诺王说："不要乱吹。那已经是三百年前的事了。"

盖古尔阴险地笑了笑，说："嘻、嘻、嘻！活得太久了，什么都忘了。也许那个女人是我的祖母，她的名字也叫盖古尔。那个地穴里有个皮口袋，里面装了很多发光的石头，就是那个白人留下来的。他把那石头装在袋子里，但是没有能拿出去。这些故事也许是从我祖母那里听来的。不过，这回的旅行一定相当有意思。"

无言神石像

因为有伊古诺王的特别关照，旅行所需要的各项东西，很快就准备好了。

他们第二天一早就出发，走了三天，第三天的傍晚，到了所罗门大道尽头三座山的山脚下。当天晚上，大家就地睡了一觉。

参加探险的人，除了亨利男爵、夸特曼、古德上校、伊哈德老人、盖古尔妖婆外，还有美丽的少女萝黛。她因为被救了性命，没有献祭给"无言神"做牺牲，所以为了报答救命的恩人，专门服侍夸特曼他们三个白人。

盖古尔妖婆走不动路，所以特别给她预备了一顶轿子，由两个兵士抬着,但她还是不高兴,一路抱怨不休。

因为有萝黛一同来,沿途由她给大家做饭,照顾得很周到,所以大家在途中并没有受什么苦。三座山其实是一山三峰,排列成了三角形。所罗门大道像一条绳子似的,一直通到中央的那个山峰的山腰大约有十千米的地方。夸特曼他们站在那里,心中感慨万分。

三百年前夺走了约瑟·西菲特拉的生命,害死了他的子孙,亨利男爵的弟弟也因它而失踪的所罗门宝藏,如今他们终于来到了它面前。此时,他们又想起了途中所遭遇的困苦,觉得终于有了结果。

盖古尔妖婆在轿子里说:"慢慢走吧。嘻、嘻、嘻……凡是去找发光石头的人,都要受诅咒,何必这样急呢?"

盖古尔这种丧气的话,恰好说明这里正是所罗门宝藏屡次发生死亡事件的地方,大家不约而同面面相觑。又往前走了一会儿,看到一个大坑,直径大约有一千米,下面很深。

夸特曼问亨利男爵和古德上校:"知道这是做什么用的坑吗?"

亨利男爵和古德上校当然不知道。

"我想这一定是所罗门王挖钻石的地方。你们看这青土层。"

这个坑大概是西菲特拉记录里所说的那个露天的大坑。坑的那边有三座像塔似的东西。等走近一看,原来是三座神像。这就是库坤纳国人所信仰的"无言神",两尊男神,一尊女神。其中一尊男神,像恶魔一样;另外一尊男神,脸上带着忧愁的神态;女神很美,但是因为年代太久,受到风吹雨打,脸上已经有些破损了。

在石像前面,伊哈德老人和兵士们举起枪来敬礼,少女萝黛跪下来祷告,盖古尔妖婆则舞动两手,嘴里念着咒语。已经到了这个神秘的场所,大家的好奇心更强,等不及萝黛生火做饭,就叫萝黛带着些牛肉干和水,开始到洞窟里去探险了。

国王的陵墓

因为轿子抬不进山洞,盖古尔妖婆就从轿子里爬了出来,用很阴险的目光看了看大家,然后拄着拐杖,弯着腰,一点儿一点儿地向前走。

盖古尔妖婆走到"无言神"后面三十多米的断崖下,停住了。断崖下有一个弧形的山洞,像是个隧道。

"嘻嘻嘻……这是国王的命令,叫我领你们到有发光的石头那里去。都准备好了没有?嘻嘻嘻……"盖古尔妖婆像怀着什么鬼胎似的。

夸特曼说:"准备好了,快走吧。"

盖古尔又叫起来了:"你们要沉住气,看见了什么都不要害怕。不念手足之情的伊哈德,你来不来?来了也许要惹点灾呢!"

伊哈德老人板着脸孔说:"我在外面等。不过,盖古尔,你要注意!若是外星球来的客人有丝毫差错,我就杀死你。这是国王的命令,你知道吗?"

"我知道了!嘻嘻嘻……我一直就是为服从国王的命令而活着。我服从过许多国王的命令。可是,后来都变成国王服从我的命令。你说奇怪不奇怪?好吧!进去看看过去的几位老国王吧。特瓦拉也许在等着我呢!来,都跟着我来!我带着灯来了。"

盖古尔妖婆从自己的衣服里拿出来一盏奇形怪状的灯,点上了火,然后领先走到山洞里去了。

三个白人也跟着进去。少女萝黛吓得直发抖,不过她带着他们三个人的粮食,所以壮起了胆子,也跟进去了。

山洞里很宽,两个人可以并排走。除了盖古尔的灯光照着的地方,全是黑的。

大家都默默地跟着盖古尔往前走,大约走了有三十多米,不知从什么地方射进一束光,山洞里立刻显得明亮了。

大家就着光亮,向四周一看,发现这个地方很特别,好像一个大庙的正殿那么宽阔,把上面三十多米高的岩石凿成了屋顶,亮光就是从那里照进来的。

这不知道是自然形成,还是人工造的。从屋顶垂下来好几十条白色的柱子,有的已到了地面上,也有许多是从地面上突出来的。仔细一看,原来是钟乳石。这是几千年、几万年滴落的石灰水所凝结成的。

盖古尔妖婆好像并不在意这些东西,挂着拐杖一直往里走,常常发出令人恐怖的惨笑。

又往里面走了有十五六米远,到了一个大约有二十米长、十米宽、十米高的地方。这的确是个人工凿的洞。比刚才那个地方暗了一些,所以刚进来并没有看出内部的情形。等眼睛稍微习惯后,加上盖古尔的灯光,大家才看清楚,这里有一张长长的石桌子,桌子的一头放着一个骷髅,骷髅的四周,有三十几个白色人像坐在那里。

到跟前一看,立着的骷髅有些令人害怕,尤其是在骷髅的四周围排着的那些石人像,令人觉得毛骨悚然。在这些石像里,有一个是赤铜色而不是白色。盖古尔走到那里,发出了一阵怪笑。

"战场上能征善战的亨利先生!到这里来见见你杀死的特瓦拉王吧!"盖古尔妖婆扯着亨利男爵的上衣说。

夸特曼和古德上校就着灯光仔细一看,不由得出了一身冷汗。一向大胆的亨利男爵,甩开盖古尔妖婆的手,后退了两三步。

原来那尊赤铜的人像正是特瓦拉王的尸体,他赤裸裸地盘坐在那里。

再仔细一看,在骷髅四周的三十几个白色的人像,都是历代库坤纳国国王的尸体。因为这些尸体经常被石灰水淋着,年深日久,尸体表面结了一层石灰膜,全都变成钟乳石了。

这里是库坤纳国国王的陵墓。自古以来,库坤纳国人就利用这种办法,成功地保存了国王的尸体。但是,一起摆了三十多个,看起来很古怪。

夸特曼他们虽然心里有些害怕,可是受了好奇心的驱使,大家都挨个儿参观了这些尸体。这时,盖古尔蹲在骷髅像后面的岩石那里,摸摸索索地不知干些什么。

夸特曼看见了,立刻走过去说:"喂!快点领我们到发光的石头那里去!"

"你们害怕了吗?到国王坟墓来的人,一定会有灾难的!"

"我们不怕你那一套,赶快领我们去!"

"当然要领你们去啊!宝藏的门就在这里,来吧!"盖古尔在那里一动也不动。

"不要乱说!门在哪里?"

盖古尔妖婆的前面,完全是岩石,连一道缝儿也没有。

"嘻嘻嘻……现在门就要开了。你们要注意看着啊!"

盖古尔的话刚说完,面前的一块大岩石,就无声无息地动了起来。

那块大岩石,一寸、两寸、一尺、两尺……一点儿一点儿地向上移动。

"咦!岩石动了呢。"

"岩石的那边是个山洞!"

岩石已经向上移动了三十多米,这个机关真精巧!那块岩石看起来最少也有五十吨重。古时候既没有电,也没有起重机,所罗门王时代却能完成这样巧妙的机关。

看来,所罗门王朝的文化比起现代的文化来,真是一点儿也不逊色。而且这个机关的秘密不但是藏在岩石里头,同时还可以用极简单的方法使它随意开闭,这不能不说是个惊人的发明了。

眼前的山洞,就是所罗门王藏宝的地方!

闪亮的钻石

终于找到所罗门王的宝藏了。夸特曼等人非常兴奋,身上的血液也好像流动得特别快。这是夸特曼自从得到地图以后,一直念念不忘的地方。亨利男爵和古德上校虽然是由于偶然的机会到了这里,但是,这实在是成为世界上第一大富翁的一个幸运的机遇。

"跟着我来!怕吗!嘻、嘻、嘻……腿发抖,走不动了吧!"

盖古尔妖婆走进了山洞,回过头说:"藏在这里的发光石头,都是由'无言神'前面那个大坑里挖出来的。连我也不知道是什么人在什么时代挖的。大概是太古的时候吧!

"谁都知道,有许多发光石头和宝贝在这里。可是,谁都不知道怎样开这道石门。从前有一个白人曾经到过这里,那个白人受到国王很优厚的招待,他和库坤纳国的一个聪明的女人来到这里。

"他们知道了开石门的秘密,所以一直走到山洞里来,找到了许多发光的石头。那个白人,就用女人装粮食的羊皮口袋,装了很多发光的石头。

"当他们要回去的时候,忽然又看见了一颗大的发光石头,那个白人把那颗大石头拿在手里,嘻嘻嘻……"

盖古尔妖婆说到这里,故意停下来,阴险地看着他们。

"西菲特拉后来怎样了?"夸特曼对这件事很感兴趣。

盖古尔吃了一惊说:"你怎么会知道他的名字?"

"你不要管这些!继续讲下去。"

"嘻嘻嘻……后来,那个白人突然惊慌起来,把羊皮口袋扔掉,只拿着那一颗石头就逃走了。"

西菲特拉为什么突然惊慌起来,盖古尔妖婆并没有说明。夸特曼对于这一点没注意到,所以也没有问。哪晓得使西菲特拉惊慌的原因,几乎把夸特曼他们几个人置于死地!

"嘻、嘻、嘻……我这些话都是真的。那只羊皮口袋一定还掉在地上。因为从那次以后就再没有人来过,那个岩石的门也没有再开过。

"到这里来的人,一个月以内一定会死去。那个白人也是死在山洞里的。嘻、嘻、嘻……"盖古尔妖婆高声大笑起来,阴冷的回声在山洞里回荡。

对探险有浓厚兴趣的古德上校说:"走!不要让她骗了!"

他们跟着盖古尔走进了山洞,走了几米,盖古尔妖婆又停下来说:"从前把宝贝藏在这里的圣贤,本来想在这里另造一个机关,不过没有完成。"

果然，在那里还堆着好些一米见方的大石头和石灰，还有一些工具。美丽的少女萝黛怕得发抖说："我不敢再往里面去了，我拿着吃的东西，在这里等着好了。"萝黛拿了装牛肉干的筐子和盛水的葫芦等在那里。

盖古尔妖婆和三个白人，又往前走了五米，他们看见了一扇雕刻得十分精美的门。一看就知道上次进去的人忘了关门，也许是没来得及关，所以一直开着。在这门前的地面上放着一个装了东西的羊皮口袋。

盖古尔妖婆用灯照着那个羊皮口袋说："嘻、嘻、嘻……看，我说得不错吧！这就是那个白人慌慌张张逃走的时候，丢下来的羊皮口袋。"

古德上校俯下身去，捡起了那个羊皮口袋。口袋很重，里面有些哗啦哗啦的响声。

古德上校说："这里面都是钻石吗？这一袋就能使人成为大富翁。"

不过，现在大家的兴趣都不在这里。

"喂！再往里走。算了，算了！你把灯给我！"亨利男爵也兴奋得有些忍不住了，从盖古尔妖婆手里抢过灯来，推开了门，就自己走了进去。

这才是真正的所罗门王宝藏。

这是一间三米见方的石洞，是用人工在岩石里挖成的。石洞里堆了四五百根象牙。猎象专家夸特曼鉴定这些象牙，发现都是上好的品质。世界驰名的"所罗门王的象牙宝座"大概就是这一类象牙做的。

夸特曼叹息说："光拥有这些象牙，就是个大富翁了。"

象牙堆的对面，摆着二十几个红色的箱子。

古德上校说："这一定是象牙，拿灯来看看！有一只箱子盖儿已经被打破了，大概这是约瑟·西菲特拉弄的。"

古德上校从打破的缺口伸进手去，拿了些东西出来。大家的视线全集中在那里了,但是拿出来的东西不是钻石,是些古代金币。上面还有希伯来文和许多奇怪的图案。

古德上校说:"看起来,别的箱子好像也都是金币。恐怕钻石都被西菲特拉装在口袋里了。"

大家因为已经发现了大批财宝,所以对于这几箱子金币,感到有些失望。

盖古尔妖婆看出了大家的心意,立刻说:"那边墙角,有三个石头箱子,两个还盖着盖子,另外一个箱子盖儿已经打开了。"

盖古尔妖婆好像看见过似的。如果不是她领西菲特拉来过,她绝不会知道得这样清楚。

这样说来,难道盖古尔真的活了三百个年头?是不是她领着西菲特拉到这里来的呢?许多事情令人难以置信,但是事实又不得不让你相信。

夸特曼走到那边黑暗的地方,亨利男爵和古德上校也跟了过去。

果然在那边岩石的墙壁上挖了一个坑,摆了三个一米见方的石箱子,其中两个箱子的盖儿关得好好的,第三个石箱子的盖已经打开了。

灯光照射到第三个石箱子里面的时候,箱子里的东西把那很暗淡的灯光反射成了银白色。原来箱子里装了七成满,都是发光的石头。三人不约而同地一齐伸出手来。

"啊!这都是上好的钻石!"

"这一次我们成了世界上最大的富翁了。任何人都没有我们富有了。"

"这些钻石,足以轰动世界!"三个人开心极了。全身都像在发热。

"嘻、嘻、嘻……你们喜欢的发光石头多得很哪!嘻、嘻、嘻……不过,那些石头谁都拿不走。你一动手,它就会从手指缝儿溜下来。最好,你们把它吞下去吧!嘻、嘻、嘻……吞下去就不饿了……"盖古尔妖婆到了这时候,很灵活地扭动着身子来回地走着,嘴里还不停地咒骂。

夸特曼听到盖古尔妖婆这些莫名其妙的话,不由得大笑起来。

妖婆继续叫道:"把别的箱子也打开来看看!还有很多发光石头呢!你们都拿去吧?拿着它到坟墓里去吧!"

夸特曼听到这句话,立刻就去开另外两个箱子。三个人把当中那个箱子打开一看,里面满满的都是钻石。第三个箱子,虽然里面只有四分之一的钻石,但是这些恐怕是世界上最好的钻石了。小的像鸽子蛋,大的比鸡蛋还要大,虽然都没有经过加工,却发出蓝、紫、黄、红等各色光芒。光度很强,所以当那微微的灯光照到箱子里面的时候,立刻散发出像彩虹一样的光芒。

正当他们聚精会神地看钻石的时候,盖古尔妖婆用残忍的眼光看着他们的背影,尔后悄无声息地离开了那里。

妖婆之死

夸特曼他们都没有注意到盖古尔妖婆的行动。过了不久,忽然听到了少女萝黛的叫声。

"救命啊!外星球来的客人!快点啊!岩石的门落下来了。"

"啊!是那个女孩的叫声!"

"发生什么事了吗?"他们三个人,还不知道盖古尔妖婆已经走开了。

三个人还等在那里,接着又听到了萝黛的叫声:"救命啊!魔法老妖婆要杀我!"

"喂!快去看看!"三个人立刻跑了过去。

亨利男爵举起手里的灯一照,啊!那个大岩石门就要彻底关上了,而且离地面只有一米高了。

萝黛和盖古尔妖婆两个人倒在地上撕扯着。萝黛前胸流出了很多血,但是她仍不肯放手,拼命地把盖古尔妖婆按在地上。

夸特曼他们刚想跑过去帮助萝黛,盖古尔在下面又向上刺了一下。这一下正刺中萝黛的要害,萝黛已经再无法支持了,就松开了手。

盖古尔立刻挣脱开,想从岩石门的门缝儿逃到外面去。

可是那时候,岩石门已经没有能够使盖古尔妖婆逃过去的空隙了。那块巨大的岩石,重重地压在盖古尔的身上。

"哎——呀!哎——"盖古尔的叫声非常凄惨,她还想挣扎。但是,那块五十多吨重的大石块,一直往下压。叫声停止了,好像听到骨头碎裂的声音,岩石门已经落到底,不再动了。这不过是一两秒钟的事情,三个人都吓呆了。

现在那块岩石门落下了,再也看不出有丝毫缝隙了。少女萝黛倒在岩石前,满身都是血。

夸特曼他们这才醒悟过来,连忙去扶萝黛。一看,她的胸前被刺,受了两处重伤,已经没法挽救了。

萝黛在夸特曼的怀里,微微地睁开了眼睛,看着三个白人说:"啊!外星球的客人!我要死了。刚才盖古尔突然跑到外面去了,我刚想也跟着她跑出去,不晓得为什么她又跑了回来。这时候我才发觉到上面的岩石门滑了下来。

"盖古尔看着你们大笑,然后就慌慌张张地向外面逃。我发觉到她要陷害你们几位,所以就捉住了她,叫你们快来想办法。这时候,盖古尔突然用匕首来刺我。我已经不行了,就要、要……死了。"

萝黛的呼吸已经很急促,但是她仍然尽力说完这一段经过。

夸特曼他们看到这个纯真善良的少女就要死了,忍不住都落下泪来。

"我被选为'无言神'的祭品时,幸亏诸位救了我。我虽然死了,诸位的恩……"刚说到这里,萝黛就咽了气。

"可怜的姑娘!"古德上校泪如泉涌,不断地滴落到了萝黛的脸上。

亨利男爵沉痛地说:"你不要伤心,我们马上也要完了。"

"你说什么?"

"我们已经全部被活埋在山洞里了。还不懂吗?"

死亡的恐怖

古德上校和夸特曼听了亨利男爵的话,才注意到自己的生命也处于危险之中。现在,大家都束手无策。沉重的岩石门已经关上了,恐怕永远不会再开了。因为知道这门开关的秘密的只有盖古尔妖婆一个人,现在盖古尔已死,岩石门自然没有办法再打开了。

"我们不能就这样傻傻地等在这里,灯油已快燃尽了,我们必须找到岩石门的开关。"亨利男爵说。

这是唯一的希望,三个人立刻分头寻找,但是始终找不到那个秘密机关在哪里。

夸特曼失望地说:"糟了!这个秘密开关一定不在这里。若是在这里的话,那个素来怕死的盖古尔不会冒着生命危险往外跑。"

"因为她知道这里面没有开关,所以才要拼着命逃出去。"

"一定是这样!"古德上校和亨利男爵同意夸特曼的看法。他们完全中了盖古尔妖婆的诡计,盖古尔妖婆一定早就想利用这个岩石门的秘密开关,替特瓦拉报仇。

三百年前,西菲特拉恐怕也是中了盖古尔的圈套,险些被活埋在山洞里,所以才扔掉了装着钻石的袋子逃跑了。

"我们一定要趁着有灯光的时候,赶快找一条活路。幸亏萝黛为我们带了水和牛肉干,若在饿死以前找到出口,那还可以活命。"亨利男爵鼓励大家不要失望,要振作起来,拿出勇气。

三个人拿着萝黛为他们带来的水和牛肉干,默默地向萝黛鞠了一个躬,又向所罗门宝藏走去……

灯油已经燃尽了,灯光灭了,四周围突然变得一片黑暗,一种不可名状的寂寞和恐怖,笼罩着每个人的心。

亨利男爵实在忍受不住这种沉默,开口问道:"古德!还有几根火柴?"

古德上校用手摸索了一会儿说:"还有八根!"

"明天早晨,我们可以到岩石门附近大声喊叫,或许伊哈德来找我们的时候,能听见也不一定。"

不过,这个办法也没有多大希望。因为身心疲惫,同时又在黑暗无光的石洞里,所以没过多久,三个人便都睡着了。

石环下的秘密

第二天一早,三个人都醒了。"几点钟了?点一根火柴看看!"

古德上校划了一根火柴,突然有了光亮,使一直在黑暗里的眼睛难以适应。大家看了看表,已经早晨五点钟了。

"伊哈德来了没有?从那里能不能听到他的脚步声?"夸特曼摸索到岩石门那里去听声音,结果任何动静都没有。

亨利男爵自言自语地说:"为什么这里的空气总是这样新鲜呢?"

"对啊!假使没有透气的地方,我们早就窒息了,就是火柴也不会点着火的!"古德上校兴奋地说。

"一定有通气的地方!"

三个人在漆黑的石洞里开始搜索,一会儿撞到了象牙,一会儿又碰在木箱子上。大约找了一个多小时,突然古德上校叫了起来:"喂!快来!快来用手摸摸看!"

"你在哪里?"亨利男爵和夸特曼顺着他的声音摸索过去,古德上校拉了他们两个人的手,放在地面的岩石上。

"有什么感觉吗?"

"啊!有风!"

"这风是从下面吹上来的,这里是通风洞。"

"对了!你再仔细听听!"

古德上校站起来,用脚在地面一踩,脚底下好像很空。

"喂!古德!划一根火柴!"

一向冷静的亨利男爵也有些兴奋起来了。因为他们很可能找到了活路。火柴微弱的亮光,照着那个任何人都没有注意的一个墙角。

乘着火柴还没有熄灭的时候,大家摸了摸那里的地面,这是由岩石构成的地面,好像有一条缝隙,风就是从那里吹上来的。

他们在那条缝隙的旁边,又发现了一个雕刻在地面岩石上的石环。

"这是什么环?也许是山洞出口的盖子。"

大家又有了新的希望。夸特曼从口袋里拿出小刀,插到石环里说:"试试看,能不能拉动?"

若是铁环的话,可能已经锈住不能用了。幸亏是石环,夸特曼的小刀在里面挖了几下,石环已经有些松动了,三个人一用力,立刻就把石环拉动了。

"这次,看看能不能拿起来!"夸特曼把手伸到石环里,使出平生的力量拉了几下,岩石地面丝毫没有动。

"让我试试!"亨利男爵也去拉了几下。

"好重!来,来!大家一起动手,已经差不多了。"

古德上校和夸特曼在黑暗无光的山洞里,和亨利男爵三个人握住了石环,一起喊道:"一、二、三!"这时,他们听到有岩石互相挤轧的声音。

"好,再来一次!一、二、三!开了!"亨利男爵这句话刚喊出口,一块很重的岩石盖子已经被他们拉开了,从那里吹进一股冷风。

"火柴!快点火柴!"古德上校点上了火柴,借着火柴的亮光,看到那里有一个一米见方的洞。

洞里还修着台阶。亨利男爵说:"好极了,这一定是通到什么地方的通道。听天由命,让我们下去看看吧!"

夸特曼突然想到那许多所罗门王的珍贵的钻石、象牙和黄金,白白地留在这里,太可惜了。"等等!我们先去拿点钻石带着。"

亨利男爵说:"你去拿吧,我连看也不想看了。"

这句话也有他的道理。因为现在还不知道是否能活着出去。古德上校也是同样的心情,他默默地站在那里,一句话都没有讲。

夸特曼摸索到了石箱子那里,从装着最高贵钻石的第三个箱子里,把钻石装满了身上所有的口袋,然后说:"好了,这回可以走了!"

"走吧!小心点!"亨利男爵领先,古德上校和夸特曼紧随其后。

那是一条小隧道,只有一个人宽,但是看样子很长。

隧道弯弯曲曲,在途中他们曾停下休息了好几次。喝了些水、吃了点牛肉干,使体力恢复,很快,水和牛肉干都没了。火柴也用完了,已经到了山穷水尽的地步,可是还没有找到出口。大家心里都很不安。

三个人虽然都很累了,步伐也跟跟跄跄,但为了求生,只得强拖着脚步向前走去。

这时,亨利男爵突然停了下来。跟在后面的古德上校和夸特曼因为隧道里很黑,不知道亨利男爵已经停下,所以一下子撞在一起了。

"怎么了?"

"也不知道是我眼睛花了,还是真的有亮光?"

夸特曼和古德上校定睛一看,果然在远远的前面似乎有一丝亮线。

"快去看看!"

光线很微弱,若不是他们在黑暗里待的时间太久的话,可能还不会注意到。又走了大约五分钟,光线渐渐地强了,空气也清新起来。隧道也越来越窄,只能在里面向前爬,地面也由岩石变成了土。不久,他们就爬到了隧道的出口。亨利男爵首先爬到外面,古德上校和夸特曼也跟着爬了出去。

三个人到了洞外,刚想站起来,脚下却一滑,都滚了下去,原来那是一面斜坡。

"喂!古德!"

"啊!亨利!"

"夸特曼!"

三个人摸摸索索地爬起来,互相叫着名字,看看是否还活着。

现在，三个人浑身是泥土，眼睛、鼻子、嘴里也都进了尘土，身子多处擦破了皮，还碰青了好几个地方。但大家都顾不上这些伤痛，兴奋地抱在了一起，大声喊道："又看见天空了！"

"我们得救了！"

大家一屁股坐在地上仰脸望着天空，情不自禁地眼泪不停地往下流。

这时，天也亮了，大家才看清楚，原来他们正好滚进了所罗门王掘钻石的那个大坑。他们可以遥遥地看到"无言神"的石像。此时，他们正好在大坑的底部。

"我想刚才的隧道，是把从这洞里掘出来的钻石运到所罗门王宝藏的一条秘密通道。"

"真是捡了三条命。"经历了一场惊险，大家现在已经面目全非了。

再见吧！伊古诺王

夸特曼等人绝处逢生，终于逃出了黑洞，伊哈德老人见到他们活着归来既高兴又惊奇。可是，他们想再找到那个逃生的出口却怎么也找不到了。

永远的秘密

夸特曼等人攀着树根、草茎，顺着斜坡小心翼翼地往上爬。因为稍不小心，可能又会滚到坑底去。他们爬了一个来钟头，才到达坑边上。大家都已疲惫不堪，但仍拖着沉重的脚步，走到"无言神"石像旁边，到原来的山洞去，恰好这时候遇见了两个来提水的土著人。

当那两个土著人认清了这三个蓬头垢面、东摇西摆的人就是外星来客时，吓得大叫一声就倒在地上了。叫声惊动了土著人兵士，伊哈德老人也从洞里出来了。

夸特曼说："喂！伊哈德，我们回来了。"

"啊！"伊哈德老人看到他们这副模样也惊呆了。原来伊哈德老人以为他们早已经被所罗门宝藏的神诅咒死了。现在他们从这样的地方出来，伊哈德感到很惊奇。

"啊！你们真的活着回来了吗？啊！这不是梦吧！"这个善良的老人由于高兴过度，拉着三个人哭了起来。

他们一五一十地把经过详细地告诉了伊哈德老人。伊哈德老人对他们所讲的经过，既感到惊奇，又痛恨盖古尔妖婆的阴险，同时也为萝黛的死惋惜。

第三天早晨,他们又回大坑那里去找隧道的入口,但是怎么也找不到。他们走的脚印儿,已经被雨水冲掉了,到处都是野兽的洞穴,根本看不出哪个是隧道的洞口。

又过了一天,他们再一次到钟乳洞去了一趟,在骷髅像的后面仔细琢磨了许久,但怎么也找不到石门开关的秘密。

盖古尔妖婆已经压死在岩石下面,丝毫没有动。虽然岩石门那边藏着无尽的财宝,但是,不得其门而入也是枉然。他们只好放弃寻宝的希望,回到了库坤纳的国都。

他们虽然没有继续寻宝,但是夸特曼的口袋里还有十八颗钻石。其他的钻石都掉在那个大坑里了。

这十八颗钻石不知道有多大价值,不过夸特曼认为无论怎样,这些东西该由三个人平分。

回到王宫后,他们受到伊古诺王热烈的欢迎。伊古诺改变了从前特瓦拉的许多弊政,重整军备,已经有了显著的政绩。

伊古诺王听了他们在山洞里的故事,也感到很惊奇。他问身旁的一位大臣:"你年纪已经很大了,你年轻的时候见过盖古尔没有?"

"是的,我见过。我小的时候,她就是个老太婆了。我的祖父告诉我,他小的时候,盖古尔就很老了!"

"这事很奇妙!老妖婆已经死了,这个国家的许多古老的灾害也都过去了。老妖婆先要杀我,后来又想杀死外星球来的客人,真是又阴险又狠毒!"伊古诺王不胜感慨。

离　别

欢迎宴散了以后,夸特曼按他们事先商量的决定,代表三个人对伊古诺王说:"伊古诺王!你就位以后,国泰民安,我们都为你自豪。我们也应该回去了。希望贵国国运永远昌盛,再也不要为魔法迷惑,凡事要根据国法去处理,要赏罚分明。我们打算明天早晨出发,希望

您多派几个人,送我们到山那边去!"

这让伊古诺王很难过:"你们为什么要离开我呢?在和特瓦拉作战的时候,你们对我的帮助实在太大了。诸位需要什么东西,请说出来,我一定照办!"说完,伊古诺竟哭了起来。

夸特曼、亨利男爵和古德上校都深深地受了感动。伊古诺王希望能把这三位恩人一直留在身旁。

夸特曼劝伊古诺王说:"伊古诺王!你的心意我们领了,我们并不需要什么东西。不过,当你和令堂被驱逐到别的国家的时候,你想不想回到库坤纳国来呢?"

"我想回来!"

"我和你一样。大家都忘不了自己的故乡,所以必须回去!"

伊古诺王难过地说:"我很了解大家的心情,但是诸位走了以后,我们将断绝联系,这跟生死诀别没什么区别。"

伊古诺王说着,又流下泪来。"诸位回去以后,要告诉其他的人,不准任何人到这里来。因为我在国外长大,看见的事情也很多,像诸位这样心地善良的人太少了。

"我不希望卖枪、酒的商人到这里来。我要库坤纳国的军队用历代祖传的刺枪来作战。我要我的人民喝水,不要喝酒。我不希望这里有一个只喝酒不做工的国民,我也不允许任何人去找发光的石头。因为要维持库坤纳国的永久和平与幸福,必须禁止别国的人到此地来。"

说到这里,伊古诺王转变了口气说:"不过,我欢迎你们三位随时到这里来!诸位可以说是我的父辈。明天我派伊哈德带一团兵去送诸位,过了山另有一条容易走的路,你们可以从那里回去。你们可以在明天天未亮的时候出发。不过我不能亲自送行,因为国王在大众面前流泪,实在太不成体统了。当各位在暖炉旁休息的时候,请不要忘了和你们一起作战的战友。"

伊古诺王注视了他们一会儿,然后就用双手遮着脸,回到王宫去了。

第二天早晨,夸特曼他们就由伊哈德和水牛部队送行,离开了库坤纳的国都。许多库坤纳的国民很早就站在那里等着欢送了。

走了两天,他们就到了斯里曼山,过了"希巴乳房"山峰时,伊哈德老人说:"不要走有泉水的那条路,另外有近道。从前伊古诺母子就是从那里走的。"

三个人听从了伊哈德的忠告,从山峰的旁边下去,在那条路的起点和这位老战友挥泪告别,大家心中都有说不出的难过。

"我这一生中,恐怕再也不会见到像各位这样好的人了。各位给我的印象太深了,我将终生不忘,尤其是亨利先生武艺高强,一斧子就砍下特瓦拉头的情景,还留在我心里。今后,像这一类的事,再也不会看到了。"

夸特曼他们三个人也依依不舍。古德上校把他那单片眼镜摘下来,送给这位亲切勇敢的老将军做纪念,伊哈德非常高兴。

"收到这样高贵的纪念品,我的声望将比现在更高!"然后就把单片眼镜放在自己的眼睛上了。因为这是第一次使用,所以掉下来好几次。

这位老勇士身披豹皮披肩,头上装饰着黑鸵鸟毛,眼睛上戴着单片眼镜,似乎有些不伦不类。

奇 遇

受到水牛部队全体兵士热烈的欢送,夸特曼他们下了山坡,又到了沙漠地带。伊古诺王特意派了五个强壮的土著人做向导,带着许多粮食和水,护送夸特曼他们。

他们在炎热的沙漠里走了四天,才到了沙漠的绿洲。那里有树木和清洌的流水。突然,他们发现河边的树林里有一间小木屋。

"咦!那里有人住着?"受了好奇心的驱使,大家加快了脚步。

这些天来,除了库坤纳国的人以外,他们再也没见过其他的人,所以很高兴。

他们走近了那间木屋,从屋里出来了一个长着满脸胡须,穿着一身皮衣服的男人。他的一条腿受了伤,但是手和脸的皮肤不是古铜色,而是白色的。

"是白人!"

"啊!这真是怪事,难道看花了眼吗?"夸特曼他们觉得很奇怪,仔细地看着他。

那个男人也吃了一惊,气喘喘地、一瘸一拐地跑了过来。等他到了眼前,看清了面孔,亨利男爵突然大叫道:"啊!是我弟弟!乔治!"

亨利男爵跑了过去。那个腿受伤的男人看见了亨利男爵,也一面嚷着,一面就抱住了亨利男爵。两个人紧紧地抱在了一起。

这时,从木屋里紧跟着出来了一个人。他看见夸特曼,立刻喊道:"先生!还认识我吗?我是古姆。你上次给我的地图,我弄丢了,迷了路,在这里已经待了两年了。"

原来是陪乔治一起来探险的猎师吉姆,他拉着夸特曼的手,高兴地哭了起来。

这真是巧遇!由于过分的高兴和悲伤,大家都泣不成声。

过了好久,大家才镇静下来。亨利男爵和他弟弟乔治紧紧地握着手,从前的误会早已经飞到九霄云外去了。

"乔治!我们为了找你,曾经到了斯里曼山。在那里没找到你,以为你已经死了,原来你在这里!"

"两年前,我想到所罗门宝藏那儿去,走到这里的时候,不幸脚受伤,就走不动了。"

"夸特曼先生!你好吗?"

"是的,见到你真是太高兴了。"

"古德先生也在这里?这到底是怎么回事?"

大家就在乔治的木屋里,把前前后后的经过情形,都详详细细地告诉了乔治。

乔治因为脚受了伤,既不能到斯里曼山去,又不能回去,和吉姆在这里过了两年与世隔绝的生活。

"大哥！我刚才实在是吓了一跳。因为我以为你现在一定是在英国，早把我忘掉了。谢谢你，我太高兴了。让你冒着生命危险来找我，真是对不起。虽然没找到我，听说却找到了非常名贵的钻石，也算不虚此行了。"

乔治很天真地笑着。

"不！那些钻石是夸特曼和古德的。在一开始旅行的时候，已经说得很清楚了，凡是有什么收获，都属于他们两位。"亨利男爵笑着向他弟弟说明那些钻石的主权。

夸特曼向古德上校使了一个眼色说："我们是同生共死的朋友，你不要太客气了。这十八颗钻石还是我们三个人平分吧。

"假如你一定不接受，那么你应得的钻石，就送给乔治好了。因为他为了那些钻石吃了两年苦头。"亨利男爵兄弟俩被夸特曼的友情感动得低下了头。

好友的消息

作为向导护送他们来的五个土著人，到了绿洲就返回库坤纳国去了。

夸特曼他们四个人，一路上照顾着伤了脚的乔治，走过了炎热的沙漠，又回到了探险时出发的土著人村落。途中路程当然是很艰难的，好在都平安地回来了。

临走的时候，寄存在土著人那里的枪和许多东西，仍然原封未动。那个老土著人本以为他们不会再回来了，见到他们又平平安安地归来，既高兴又惊奇。

奇妙且充满恐怖的探险结束了。亨利兄弟、古德上校跟夸特曼道别后就回到英国去了。

过了几十天，有个土著人给夸特曼送来了一封信。

"是亨利男爵寄来的！"夸特曼见到好友的来信，高兴极了，立刻拆开了信。

亲爱的夸特曼:您好!

我们已经平安地抵达英国。刚一上岸,古德立刻大修门面。理发修脸自不必说,又新做了三套西装,订配了一片眼镜,逢人便吹土著人如何赞美他脚的线条优美。

这段故事已经轰动了整个英国,到处都有新闻报道这段消息。言归正传,头几天,我和古德拿着这些钻石,到伦敦最大的一家宝石公司去估价。他估的价码实在令人难以置信。他还说像这样珍贵的钻石,至今从未出现过,而且还这么多颗,所以已经无法正确地估价了。

他还说自己没有力量买那么多,若是一次拿出来卖的话,将使世界钻石市场发生极大的混乱,所以最好是一颗一颗地卖。

那三颗最小的钻石,他估了十八万英镑。我们希望你早些收拾行装到英国来,我住的地方附近,恰好有一所适当的住宅出售。我和古德商量了一下,已经给你买下来了。

希望你能在圣诞节前回国。

哈利在圣诞节的时候,将到舍下小住。我和他相处得很好,上礼拜曾一起去打猎。他是一位非常稳健的青年,不过对于打猎还不太熟悉,还误把我的脚射伤了呢。可是,他当场给我开刀施行手术,从肉里取出了子弹,医术非常高明。

杀死土著人奇巴那头象的象牙,已经装饰在我书房的墙上了。杀死特瓦拉王的斧头,也悬挂在客厅里。盼望你能尽早搭便船来到我们的身边。

亨利

夸特曼把这封信翻来覆去地读了好几遍。然后自言自语地说:"好,搭下礼拜的船回国吧!哈利恐怕已经长得很高了。这次一定要好好训练训练他,打猎的时候乱开枪,竟伤了人家的脚,简直有损我南非第一神枪手夸特曼的颜面!"